ŒUVRES

POËTIQUES:

HISTOIRE

DE DAPHNÉ;

POËME,

DÉDIÉ AUX NYMPHES

DU PALAIS ROYAL.

1771.

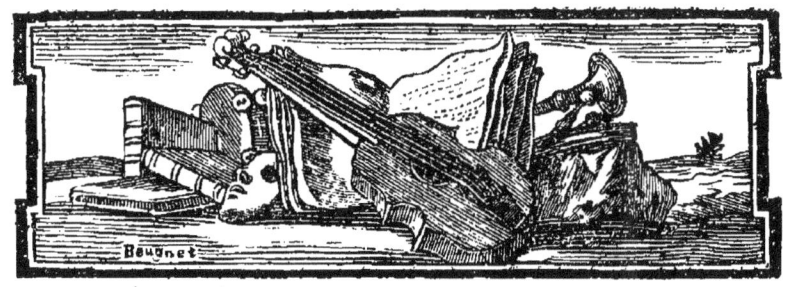

ÉPITRE

DÉDICATOIRE

AUX NYMPHES

DU PALAIS ROYAL.

C'Est pour vous , Riante Jeuneſſe ,
Que du cenſeur je brave les revers.
Quand près de vous chacun s'empreſſe ,
Quand mille vœux vous ſont offerts ,
Ne puis-je y mêler mon hommage ,
Et chanter vos plaiſirs divers ?
Je ſais que je ne ſuis pas ſage ,
Et d'un pauvre Auteur le ſuffrage
Eſt mince en proſe , ainſi qu'en vers.
Je vais dans ce récit fidèle

Rendre compte de vos defirs ;
Daphné m'a fervi de modèle
Imitez-la dans fes plaifirs :
Mais craignez de finir comme elle
Dans la retraite des foupirs.

LES AMUSEMENS
DE DAPHNÉ,
O U
LES JOURNÉES
AGRÉABLES.

PREMIERE PARTIE.

PREMIERE JOURNÉE.

Promenade du Bois de Boulogne.

O Toi qui , de la même main ,
Couronnes du haut du Parnaffe ,
Homere , Anacréon , & le Chantre de Thrace ,
Prêtes-moi tes accords ; & que ton feu divin
Échauffe mes efprits : viens animer mon zèle.
Je veux cueillir une palme immortelle ,

Dieu des Vers , applaudis à mon vaſte deſſein.
O divin Apollon ! inſpire mon génie ,
Viens prêter à mes Tons un attrait enchanteur ,
Fais paſſer tous tes feux dans mon ame attendrie;
Souviens-toi que Daphné fit jadis ton bonheur.
    Quand je rends hommage à ſes charmes ,
      Je te porte un flatteur encens ;
      Tu daignas lui rendre les armes :
Pour la bien célébrer anime mes accens.
      Daphné , cette Nymphe ſi belle ,
    Dont les attraits pénétrerent ton cœur ,
      Prenant une forme nouvelle ,
      Fut la victime du malheur.
      Sa cruelle métamorphoſe
      En larmes changea tes plaiſirs ;
    Voilà les maux auxquels l'amour expoſe ;
      Il nous cauſe bien des ſoupirs !
      Mais ma Nymphe , moins rigoureuſe ,
      Profite mieux de ſa beauté ;
      Une métamorphoſe heureuſe
    Sera l'effet de ſa docilité.
    D'un laurier l'écorce inſenſible
      Ne renferme point ſes attraits ;
Ma Daphné n'eſt point infléxible ,
      Et n'a jamais excité de regrets.
      Et toi que les bords de la Seine
Ont vû long-tems en proie aux plus vives douleurs;
      Toi , qui ſous un habit de laine ,
Mépriſas conſtamment les humaines grandeurs ;
      Je chante aujourd'hui ta conſtance ,
      Viens me prêter cette éloquence .
      Dont le charme ſéduit les cœurs.

Tranfporté par un beau délire,
Je veux chanter ces doux momens,
Où dans ce bois, que tout Paris admire,
Tu rendois heureux mille amans.
C'eft là que, folâtrant fur la molle fougere,
Tu bondiffois dans les bras de l'Amour;
Des chênes orgueilleux la cime trop altiere
Te déroboit à la lumiere,
Et cachoit à tes yeux le grand éclat du jour.
Le zéphir empreffé modéroit fon haleine,
Il t'envoyoit un amoureux foupir;
Par fon fouffle léger, il écartoit la gêne;
Il foulevoit cette gaze incertaine
Qui, couvrant un beau fein, excite le defir;
Enfin le complaifant zéphir
Pour ton amant prenoit toute la peine,
Et lui facilitoit la route du plaifir.
Heureux mortel qui poffédoit tes charmes!
Dans tes bras arrondis il preffoit ta beauté;
Et fur ton fein oubliant les allarmes,
Il nageoit dans la volupté.
Il fouloit avec toi cette tendre verdure,
Que le Printemps vient émailler de fleurs,
Thrône charmant que la nature
A préparé pour les fenfibles cœurs.
Il te preffoit; tu lui faifois connaître
Que l'Amour feul eft le Dieu des plaifirs;
A tes côtés il fe fentoit renaître:
Il puifoit dans tes yeux le beau feu des defirs.
Il reprenoit un nouvel être,
Et fon œil égaré, parcourant tes appas,
Dans fon cœur enivré, chaque inftant faifoit croître

Cette ardeur néceſſaire en de pareils combats.
  Trois fois il offre ſon hommage,
  Et trois fois ton cœur étonné
  Paye le prix de ſon courage ;
  Trois fois il ſe voit couronné.
  De Venus image fidelle,
  Tu laiſſes tomber tes regards
  Sur ce Héros qui, plein de zèle,
  Oſe le diſputer à Mars.
  Audacieux de ſa victoire,
  Trois fois de Myrthes couronné,
Trois fois !... C'eſt trop peu pour ſa gloire :
  Par ſa valeur il ſe ſent entraîné.
  Il diſpoſe de ſa conquête,
  Et le plaiſir, à ſon char enchaîné,
  De ſes fleurs embellit ſa tête ;
  Trois autres fois la docile Daphné
  Soupire, ſourit & ſe prête
  Aux loix d'un vainqueur fortuné.
Après nombreux combats que la gloire & l'ivreſſe
  Font ſoutenir aux guerriers de l'Amour ;
Après tous les tranſports qu'inſpire la tendreſſe,
  Bacchus venoit, ſur le déclin du jour,
  Offrir une liqueur vermeille,
  Qui ranimoit tes ſens enivrés de plaiſir.
  A table tu faiſois merveille :
Sur un gazon agité par zéphir,
  Auprès de toi la fleur nouvelle
  Pour te charmer ouvroit ſon ſein :
  Tu la cueillois, elle en étoit plus belle,
  Et paroiſſoit fiere de ſon deſtin.
Bacchus dont la liqueur te rendoit plus touchante,

T'invitoit à courir dans ces bofquets charmans,
Que la Nature prévoyante
Prépara tout exprès pour les tendres amans.
Semblable à la Nymphe légere,
Tu folâtrais dans ces rians vergers.
Tu refoulois encor la docile fougere,
Et tu rendois conftans des plaifirs paffagers.
Après nouveaux combats foutenus avec gloire,
Tu parcourois rapidement
Ces bois témoins de ta victoire,
Ces bois, où tant de fois tu vainquis ton amant.
D'un pas précipité tu traverfois la plaine,
Tu fuyois le plaifir qui t'avoit tant féduit;
Pour rendre ta marche certaine,
Le bras de ton amant te conduifoit au lit.
D'un jour charmant, ô fin plus agréable!
Qui pourroit exprimer vos précieux inftans?
D'un tel effort ma mufe eft incapable:
Il faut être infpiré par le Dieu des amans.

SECONDE JOURNÉE.

LA MATINÉE.

LE PALAIS ROYAL.

DÉJA les pleurs de la timide Aurore
    Nous annoncent l'éclat du jour;
    Déja les fleurs veulent éclore :
Le Cocq altier a chanté fon amour.
Phébus de l'Orient entr'ouvre la barriere,
    Et cependant la tranquille Daphné,
    Du jour ne voit point la lumiere :
Le voile de la nuit couvre encor fa beauté.
Mortel favorifé qui poffédez fes charmes,
    Heureux témoin de fon fommeil;
    C'eft trop jouir de nos allarmes,
Soyez moins lent à caufer fon réveil.
    Vous prévoyez fon inconftance:
    Si, dans l'excès des plus tendres ardeurs,
    Hier Daphné combla votre efpérance,
Nous pouvons aujourd'hui prétendre à fes faveurs.
    A nos regards hâte-toi de paraître,
Daphné! Viens difputer le prix de la beauté.
Déja l'impatient & léger petit-maître .
    Par ton abfence eft irrité.
Parois dans ce jardin où l'art & la nature
Nous offrent à la fois leurs tréfors précieux;
    Sous cette voûte de verdure,

Où la beauté, l'éclat & la parure
Séduisent tour-à-tour & charment tous les yeux.
Une gentille Bouquetiere
Va te donner les plus nouvelles fleurs.
Ouvre tes yeux à la lumiere.
Viens te mêler à tant d'objets flatteurs.
L'Amour t'attend pour sa défense ;
Viens augmenter ces aimables remparts,
Sûrs écueils où l'indifférence
Vient échouer de toutes parts.
Toutou charmant d'une aimable maitresse,
Petit Médor, objet de ses plaisirs,
Viens ranimer notre tendresse,
Viens par ta voix suspendre nos soupirs.
Peux-tu refuser de te rendre ?
Parois, précede nos amours ;
Annonce-nous Daphné, ne te fais plus attendre ;
Le Soleil a fini la moitié de son cours.
L'œil égaré du petit-maître
Languissant, abbattu, cherche de toutes parts ;
Viens lui donner un nouvel être,
Viens-donc t'offrir à ses regards.
Quel changement paroit sur les visages ?
J'entends par-tout : c'est-elle ! la voilà !
Non, ce n'est plus pour vous que sont faits nos hom-
    mages !
Disparoissez, Nymphes de l'Opéra !
Au même instant chacun s'empresse ;
Le Commis élégant va peindre son plaisir,
L'Abbé coquet parle de sa tendresse,
Et laisse, en s'envolant, échapper un soupir.
Arrive gravement le Robin débonnaire,

Il vient offrir un clandeſtin repas ;
Acceptez-le , dit-il , d'un ton ſincere :
Daphné rougit & l'accepte tout bas.
Bien-tôt après le fougueux militaire ,
D'un ton précipité , débite un compliment ;
Ma foi , je brûle de vous plaire :
Daphné , croyez-en mon ſerment ;
Je n'ai rien vû d'honneur , en ſortant de campagne ,
Qui peigne mieux la volupté :
Non , il n'eſt rien dans l'Allemagne
De comparable à ta beauté.
Je veux abſolument faire votre conquête.
Après avoir vaincu nos braves ennemis ,
Des myrthes de l'Amour je veux ceindre ma tête ;
Et c'eſt de vous que j'exige ce prix.
Puis voyant tout-à-coup un cercle qui s'aſſemble ,
Pour la baiſer , il prend ſa belle main ;
Adieu , je ſuis à vous ; car nous dînons enſemble ,
Il s'invite lui-même au dîner du Robin.
Mais c'eſt en vain , il perd ſon éloquence ;
Il faut céder à des appas plus forts :
Mondor paroît , perdez toute eſpérance :
Vous avez fait d'inutiles efforts.
La canne en main , le Financier s'avance ,
Il diſſipe bien-tôt cet eſſain d'amoureux ;
O Plutus ! quelle eſt ta puiſſance !
On ne peut réſiſter à l'offre de tes vœux.
L'éclat brillant de la richeſſe
Fait bien-tôt naître le deſir ;
Auprès de toi l'Amour s'empreſſe ,
Tu fais donner plus de poids au plaiſir.
Par le ſon enchanteur de paroles dorées ,

Tu fais fixer l'attention
De ces oreilles effarées
Qui, par le plaifir égarées,
N'ont jamais connu entendu la voix de la raifon ;
Et fur tes traces mefurées,
Par une noble ambition ,
On voit les Graces empreffées
Applaudir à ta paffion.
Adieu, Commis, Abbés & Militaires ;
Adieu, Robins fi langoureux ;
Vos hommages font téméraires ;
Portez ailleurs vos foupirs & vos vœux.

L'APRÈS-MIDI.

LES TUILERIES.

DIEUX qui veillez fur les jardins de Flore,
Mâle Priape, & vous, léger zéphir,
Venez à mon fecours, ma mufe vous implore;
Animez mes accens : je chante le plaifir.
    Préparez vos charmans ombrages,
    Parfumez l'air des plus douces odeurs;
    C'eft à l'ombre de vos feuillages
    Que Daphné va conquérir tous les cœurs.
Les Courfiers du Soleil fendent le fein de l'onde,
Vefper ferme déja le calice des fleurs;
    Bien-tôt, pour éclairer le monde,
    Hécate promet fes faveurs.
Voici l'heure où Daphné, fous l'ombre du myftere,
    Va préparer à mille adorateurs
Les dons que la Nature a bien voulu lui faire :
Dons heureux, qui pourtant préparent fes malheurs.
Mais écartons encor cette funefte idée,
    Ne lifons point dans l'avenir;
    Raffurons mon ame effrayée :
Le moment où je parle eft celui du plaifir.
    Palais dont la magnificence
    Fixe long-tems l'œil étonné;
Triomphe des talens, ornement de la France,
    Palais d'un Roi fi juftement aimé;
Daphné, dans vos jardins, établit fon empire,

Dans vos fuperbes murs elle vient, chaque jour,
    Confoler l'amant qui foupire,
    Et, fous le mafque du délire,
Dans des liens de fleurs elle enchaîne l'Amour.
Mais quel eft cet objet dont la taille orgueilleufe
Fixe, en fe promenant, nos avides regards ?
    Quel embonpoint ! quelle figure heureufe !
C'eft fans doute Vénus enchaînant le Dieu Mars.
    Non : c'eft Daphné. Puis-je la méconnaître ?
    Ses blonds cheveux, rangés artiftement,
Sont un parterre où les fleurs femblent naître,
    Pour attirer le zéphir inconftant.
    Thétys & Flore ont formé fa parure, *
    L'une a prêté la couleur de fes eaux :
    Pour embellir cette verdure,
    Flore a fourni fes préfens les plus beaux ;
    Elle a cueilli les plus nouvelles rofes,
    Elle a choifi les plus fraîches couleurs ;
    C'eft pour Daphné que ces fleurs font éclofes :
    Amour, fans les flétrir, jouis de leurs odeurs.
    Empreffez-vous, agréable Jeuneffe ;
Exprimez vivement vos amoureux defirs ;
    Daphné fourit à la tendreffe,
Et va modeftement faire tous vos plaifirs.
    Ne craignez-pas qu'un intérêt fordide
    Puiffe arrêter le cours de fes bienfaits.
    Non, non ; Daphné n'eft point avide ;
Un portrait de Louis fuffit pour fes attraits.

---

* La parure favorite de Daphné, on dit même l'unique, étoit une robe verd-d'eau, garnie en couleur de
rofe.

Afin de mieux prouver ſon amour pour ſon maître,
Et le plaiſir qu'elle a de contempler ſes traits,
Sous le nom de Louis * elle ſe fait connaître;
O pouvoir de l'Amour ſur un cœur bien Français!

* Perſonne n'ignore que toutes nos Nymphes ont chacune leur ſurnom ; la chronique prétend que les mauvais
plaiſans avoient donné à Daphné celui de Madame Louis-
d'or, ſurnom qui vraiſemblablement ſervoit de tarif à ſes
faveurs. Je n'aſſurerai pas ce fait : car il ne faut jurer de
rien. Au reſte, le prix eſt honnête.

LA

LA SOIRÉE.

LE SOUPER DES BOULEVARDS.

DÉJA l'azur eſt parſemé d'étoiles,
Le ſommeil aux humains préſente ſes pavots ;
    La nuit étend ſes ſombres voiles,
    Elle invite au plus doux repos.
Voici l'heure où chacun vient t'offrir ſon hommage,
Bacchus, voici l'inſtant où les heureux mortels,
    Délivrés de leur eſclavage,
    Viennent en foule aux pieds de tes autels.
    C'eſt-là qu'une liqueur vermeille
Sait animer la timide beauté ;
    C'eſt-là qu'au fond de la bouteille
    On va puiſer la volupté.
    Inſpire-moi, Dieu de la treille,
    Seconde mes juſtes deſirs ;
    Je vais célébrer la merveille
Dont tu fais chaque ſoir les innocens plaiſirs.
    Dans ces jardins, où l'art, vainqueur de la nature,
    Brille à nos yeux de toutes parts ;
Où l'on voit s'élever à travers la verdure
Ces élégants palais ornements des remparts ;
    Où, ſe livrant à ſon génie habile,
    Artiſte ſavant & fameux,
    TORRÉ, par un effort utile,
    A ſu raſſembler tous les jeux ;
    Où, par ſes ſoins, quand la voûte azurée,

B

Se perd, dans l'ombre de la nuit,
Au mouvement de fa main affurée,
La lumiere fe reproduit.
C'eft-là qu'au fein d'une charmante ivreffe,
Nymphes, vous vous livrez à la tendre gaité :
Le fon brillant de l'allegreffe
Eft par l'écho mille fois répété.
C'eft-là qu'un orcheftre fonore
Vient animèr vos pas légers.
Aux agrémens de Terpficore
Vous vous livrez fans craindre de dangers ;
C'eft dans ce lieu que, fur vos traces,
Le riant effain des amours,
Folâtrant autour de vos graces,
Du tems qui fuit femble arrêter le cours.
Que de rendez-vous agréables
Sont donnés dans ces lieux charmans !
Que de foupirs intéreffans,
Au milieu de ces jeux aimables,
Se font entendre en de fi doux inftans !
Près de ces lieux où la nature
Cede aux puiffans efforts de l'art,
On voit un bâtiment dont la fimple ftructure
N'éblouit pas, mais fixe le regard.
On reconnoît bien-tôt que Bacchus eft fon maître;
L'inimitable Bancelin
A foin de fes autels, il en eft le Grand-Prêtre,
Il répand les tréfors de fon nectar divin.
C'eft-là que, banniffant la crainte & le fcrupule,
La voluptueufe Daphné,
A la lueur du Crépufcule,
Donne effor à l'Amour, auprès d'elle anchaîné.

Sur un banc de gazon, près d'une table ronde,
Affise fraîchement, elle avale à longs traits,
    Cette liqueur fi bienfaifante au monde,
    Ce jus charmant pour nous fi plein d'attraits.
      Les fons aigus d'une vielle *
Sous fes doigts potelés ont un charme flatteur,
Qui paroît à Damon une faveur nouvelle,
Et qui du vieux Mondor chatouille encore le cœur.
Sur la fin du repas brille la douce ivreffe ;
Mondor baife la main, Damon parle des yeux ;
On promet au premier une vive tendreffe,
Et l'on croit éloigner le vieillard amoureux :
Mais il infifte, il pourfuit fon affaire ;
Damon a la parole, il fait mieux engager,
Il fait mieux profiter de l'amoureux myftere ;
Mondor quitte, en jurant, fa belle aventuriere :
Mais Damon dans fon lit va l'en dédommager.

* Il étoit du bon ton parmi nos Nymphes de jouer de
la Vielle, & le nommé André, de glorieufe mémoire, étoit
le Maître fameux qui fe chargeoit de cette partie de leur
éducation. On prétend que, graces à fes foins, Daphné
commençoit à jouer fort bien de cet inftrument ; on admiroit fur-tout la foupleffe de fon poignet : les talens font
toujours d'une grande reffource.

TROISIÈME JOURNÉE.

LES SPECTACLES.

DIEUX charmans qui tantôt inspiriez mon génie,
Non, ce n'est plus à vous que ma muse a recours.
   De Melpomene, & de Thalie
   J'emprunte aujourd'hui le secours.
Soyez en ce moment mes fidèles oracles,
   C'est vous que j'ose consulter :
   Charmantes muses des spectacles,
   C'est Daphné que je vais chanter.
   En vain, sublime Melpomene,
 Vous vous flattez de subjuguer nos cœurs,
   En vain, pour émouvoir la scène,
 Vous nous peindrez l'excès de vos douleurs.
   Vous vous verrez abandonnée ;
   Dans une loge renfermée,
   Daphné rira de vos malheurs.
Aux plaisirs de l'amour à jamais destinée,
   De courtisans environnée,
Elle vous ravira tous vos admirateurs.
   Et toi dont l'aimable folie
   Nous fait chérir la vérité,
 Que je te plains, agréable Thalie,
   Malgré les traits de ta saillie,
   Tu vas céder à sa beauté.
   Mais déja je la vois paraître,
   Déja les cartes de l'amour *

* Il est d'usage à Paris parmi les Nymphes de cette cl-

Ont volé dans les mains du léger Petit-Maître;
  Près d'elle on voit une nombreuse Cour.
    Quelle est cette aimable coquette ,
    Dit l'un , en élevant les yeux ?
  Et dans l'instant il braque sa lorgnette ,
  Il l'apperçoit , il devient amoureux.
  On se la montre & chacun la desire ,
On souhaite la fin du spectacle ennuyeux ;
  Sans auditeurs Melpomene soupire ,
    Tous ses soins sont infructueux.
Le spectacle finit. En hâte on se retire ,
    On veut savoir quel est l'amant
Qui pourra posséder ce que chacun admire ;
    Et c'est en vain ; car Daphné prudemment ,
    Ayant prévû qu'une foule importune
    A l'instant viendroit l'assaillir ,
    Par une adresse peu commune ,
  A su cacher l'objet de son desir ;
  Mais par un trait de plus rare prudence ,
  Comme on l'a vu , les cartes de l'amour ,
  Ont ranimé la timide espérance
Des amans qui n'osoient se flatter de retour.
    Permets que ma muse volage ,
    Amour , revele tes secrets:

pece qui sont dans le cas d'observer les regles de la bien-
séance , comme Daphné , d'avoir toujours un grand nom-
bre de cartes sur lesquelles sont écrites leurs demeures ,
pour la commodité des soupirans qu'on ne peut satisfaire
à l'instant ; (car à Paris , tout se fait en regle :) aussi
Daphné , scrupuleuse observatrice des regles , ne manquoit
jamais à cette formalité.

Elle cherche à te rendre hommage ,
En publiant tes bienfaits.
Si tu voulois me contraindre au filence
Tu devois m'arracher à la féduction :
J'ufe de mon expérience ,
Je le fais fans indifcrétion.
Galans qui défirez d'apprendre
Le contenu de ces billets ;
Courez ainfi que moi vous rendre ,
Dans la chambre où Daphné repofe fes attraits.

LA JOURNÉE

MALHEUREUSE,

O U

FIN DE L'HISTOIRE DE DAPHNÉ.

DU jour la belle avant-couriere
Sur l'émail de nos prés ne répand plus de pleurs ;
   Un voile épais dérobe fa lumiere
Un vent impétueux abbat les jeunes fleurs.
Le foleil pâliffant n'ofe fortir de l'onde ;
Par un nuage affreux fes rayons obfcurcis ,
     Refufent d'éclairer le monde :
Tout prévoit de Daphné les malheurs infinis.
     Changez les fons de l'allégreffe ,
Mufe ; fentez l'excès de vos juftes douleurs :
     Livrez-vous à votre trifteffe ;
Ce n'eft plus aux plaifirs à broyer vos couleurs.
Et toi , jeune Daphné , cher objet de mes larmes ,
Objet triomphateur , & tant de fois vaincu ,
     Pour mieux tracer tes mortelles allarmes ,
     Viens ranimer mon efprit abbattu.
Jaloux de ton bonheur , on va flétrir tes charmes :
On a déjà recours au plus jufte des Rois ;
Des fuppôts de Thémis on emprunte les armes ,
Ton fupplice eft déjà prononcé par les loix.
     Dans la maifon la plus auftere

On va guider tes pas tremblans ;
On te conduit à la Salpêtriere ;
C'eſt-là que le tableau de l'affreuſe miſere
Va montrer ſon horreur à tes yeux languiſſans.
Ces beaux cheveux que l'art, ſoumis à la nature,
Se plaiſoit à parer des plus brillantes fleurs ;
 Ces blonds cheveux flottans ſur ta parure,
Où Zéphir folâtrant promenoit ſes faveurs,
Impitoyablement, par une main cruelle,
Qui conduit hardiment un injuſte cizeau,
 Sous un effort & barbare & nouveau,
Vont ceſſer d'embellir une tête ſi belle.
Quelle ſuite, grands Dieux ! de ſi charmans plaiſirs !
C'eſt donc là tout le fruit de tant d'obéiſſance.
Amour, faut-il, hélas ! payer par mes ſoupirs
Ces bienfaits précieux, mon unique eſpérance.
Dans mon cruel état peux-tu m'abandonner ?
Soumiſe aveuglément à ton pouvoir ſuprême,
Entends mes tendres vœux ; peux-tu me condamner ?
Ah ! du moins prends pitié de ma miſere extrême :
Ingrat ! pourrois-tu bien me laiſſer à moi-même
Mes crimes ſont à toi, tu les dois pardonner !
 Viens voir cet édifice immenſe
 Où l'on n'entend que des gémiſſemens,
 Où l'on punit l'incontinence,
Où l'on voit du remords les étendarts flottans.
 Viens contempler ces funeſtes victimes
 Qui, trop long-tems ſéduites par ta voix,
 N'ont jamais commis d'autres crimes,
Que celui d'obéir à tes trompeuſes loix.
 Hé quoi ! tu crains de nous entendre !
Plus barbare cent fois que mes cruels bourreaux,

Prépare encore à l'ame la plus tendre
Des jours tissus d'horreurs, & des tourmens nouveaux,
Va, sois toujours impitoyable.
Soumise à mon destin, je ris de tes fureurs :
Malgré le sort affreux dont la rigueur m'accable,
Je saurai bien, sans toi, surmonter mes malheurs.
Et vous qui tant de fois jouissiez de mes charmes,
Jeunes voluptueux, objets de mes mépris,
Jouissez maintenant des larmes
Qui coulent, malgré moi, de mes yeux affoiblis.
Allez ! mon cœur tranquille à présent vous déteste :
Je paye chèrement de trop longues erreurs :
De mes remords fréquens, hélas ! le plus funeste
Est d'avoir, dans vos bras, prodigué mes faveurs.

Fin de l'histoire de Daphné.

LES SUITES DU RENDEZ-VOUS.

ANECDOTE.

MUSE, quittez votre nobleſſe ;
Prenez le ton de ſa ſimplicité ;
　Jamais un conte n'intereſſe
Qu'autant qu'il a l'air de la vérité.
　Je vais tracer une aventure
　Dont le détail intéreſſant
　Exige l'éloquence pure
　Qui part de ſa ſimple nature,
　Et s'exprime naivement.
　Si je place ici cette hiſtoire
　C'eſt qu'elle intéreſſe la gloire
　De la malheureuſe Daphné ;
　Cet œuvre n'eſt pas méritoire :
　Mais jamais action ſi noire
　Ne fut le fruit de ſa beauté.
　Voici le fait ; &, je le jure,
　Mon récit n'eſt point apprêté ;
　C'eſt la vérité toute pure.
　Certaine Nymphe, appellée Aliſon,
　De tout le monde abandonnée,
　N'ayant rien fait de ſa journée,
Fit ſur le ſoir rencontre d'un barbon.
　Elle l'accoſte ; il la regarde
　Et déja lui prend le menton.
　Il ne ſent pas ſon incartade ;

Quand l'amour rend l'efprit malade,
On a bien-tôt oublié la raifon.
Tranquillement il fe laiffe conduire.
Déja même fon cœur s'enflamme, puis foupire ;
Dans les bras d'Alifon fon efprit enchanté,
Croit déja favourer la douce volupté.
Il arrive au logis d'un Bourgeois débonnaire,
D'Alifon amant ordinaire,
Et qui, de tems en tems, à cet objet mignon
Donnoit fes clefs pour faire réveillon.
En effet le galant trouva fur une table
Un pâté, du boudin, puis d'un vin agréable
Dont la couleur & la profufion
Caufoient à mon gourmand un peu d'émotion.
Comme le tems preffoit, fans plus fe mettre en peine,
Sans vouloir lui donner le tems de prendre haleine,
Du pâté fucculent les flancs font entr'ouverts,
Et bien-tôt des débris, affiettes, plats couverts.
Le champagne mouffeux déja brille en fon verre,
Le Condrieux l'enivre ; & fa douce bergere,
Profitant de l'état où le vin le réduit,
Etend notre galant fur un affez bon lit ;
Et le voyant furpris fans pouvoir fe défendre,
Du haut jufques en bas, fans plus fe faire attendre,
Dévalife Damon ; (car, à ce qu'on ma dit,
Notre galant toujours ainfi nommer fe fit.)
Après ce beau coup fait, la belle enchantereffe
Laiffe fon cher Damon dans fa bachique yvreffe ;
Emporte le butin fait fur fon ennemi,
Elle s'échappe enfin, le voyant endormi ;
Elle contient à peine une indifcrette joie,
Et va chercher ailleurs une nouvelle proie.

Le Bourgeois de retour, compte fur fa conquête;
Des plaifirs de l'amour il fe fait déja fête,
Et quittant fon époufe avec empreffement
Vient au lit où Damon dormoit profondément.
Dieux! qu'eft-ce que je vois? dit-il, avec furprife!
Quel eft cet homme-ci? feroit-ce Cydalife
Qui, me faifant chercher l'amour en d'autres bras,
Prodigueroit ailleurs fes perfides appas?
Non non! loin de mon cœur chaffons cette penfée.
Mon ame plus long-tems ne peut être abufée;
C'eft fans doute Alifon qui, pour mieux me punir,
D'avoir trahi l'hymen, a voulu me trahir.
Pendant que le Bourgeois, époux de Cydalife,
Témoignoit hautement fon étrange furprife,
Damon, fortant des bras d'un bachique fommeil,
Cherchoit le doux objet qui caufoit fon réveil.
Mais quel autre, grands Dieux! fe préfente à fa vue.
Il voit notre Bourgeois, & fon ame éperdue
Lui fait appréhender de trouver un voleur;
Il ne peut contenir fa trop jufte douleur.
Il fait beaucoup de bruit, il fe plaint, il appelle;
Il maudit de grand cœur fa compagne infidelle,
Il invoque les Dieux; implore du fecours,
Il demande au Bourgeois de lui fauver fes jours.
Licidor, peu content de pareille aventure,
Ne voit en tout ceci, que fourbe, qu'impofture:
Mais craignant d'éveiller fa femme & fon voifin,
Ordonne que Damon vuide les lieux foudain.
On cherche fes habits; mais Alifon prudente,
Comme dit le proverbe, a tout mis chez ma tante.
Comment donc fe tirer d'un fi funefte pas?
Ma foi, je n'en fais rien. Car en un pareil cas,

De prêter fon habit on n'a pas grande envie ;
    D'ailleurs d'un peu de ladrerie
Notre ami Licidor fut toujours foupçonné :
Il refufa tout net à Damon étonné,
    Perruque, habit, & même l'on affure
Qu'il voulut renvoyer le galant fans chauffure.
Licidor, dit Damon, je ferai fatisfait,
    Si chez moi vous voulez qu'un valet
    Soit le porteur d'un petit mot de lettre.
J'y confens volontiers ; vous pouvez le remettre.
Le valet part, arrive & frappe brufquement,
On ouvre, il entre. Autre embarras plus grand !
Pauvre Damon, la fottife eft complette :
Votre époufe reçoit la miffive indifcrette ;
Et, contenant à peine un furieux tranfport,
Pour cacher fon courroux fe fait un grand effort ;
Sans même fe donner le tems de prendre haleine,
Au logis du Bourgeois va combler votre peine.
Allons, ferme, Damon, rappellez vos efprits ;
C'eft elle qui prend foin de porter vos habits.
Confervez, s'il fe peut, toute votre conftance ;
Pardonnez-lui, fur-tout, fa vive impatience ;
    Prenez le foin d'appaifer fon courroux,
    Et dès l'inftant embraffez fes genoux.
Mais vous, bon Licidor, comment allez-vous faire ?
Comment cacherez-vous cet important myftere ?
Cydalife eft encor dans les bras du fommeil,
Taifez-vous, Licidor, & craignez le réveil.
    Mufe du gentil la Fontaine,
    Venez échauffer mes efprits.
    Jamais votre plume certaine
    Ne traça de mauvais écrits ;

Voyez mon embarras extrême,
Voyez deux femmes en fureur :
Pour toutes deux l'aventure est la même,
Le même trait a sû percer leur cœur.
La femme de Damon, d'un ton plein de colere,
A son mari qui filoit doux,
Fait grand fracas, &, sans entendre affaire,
Descend chez Cydalise, enfonce les verroux.
Cydalise en sursaut s'éveille à ce tapage.
Eh ! de quel droit dans mon appartement
Peut-on ainsi venir ? Comment ! par quelle rage
Trouble-t-on mon sommeil ? & dans le même instant,
De reproches honteux se voyant accablée,
De son lit entr'ouvert s'élance avec fureur,
Monte à l'appartement, où la scene troublée
Ne rendoit plus que des cris de douleur.
Licidor interdit, Damon que l'on opprime,
Prennent en vain le parti de prier;
Une femme, grands Dieux ! quand la fureur l'anime,
Est-elle en état d'écouter ?
La femme de Damon commence la querelle,
Déchire un cotillon, fait voler un bonnet;
La rage lui fournit une force nouvelle,
Licidor se présente, il reçoit un soufflet.
D'une intrépide main, la fiere Cydalise
A sa rivale arrache les cheveux,
Chaque coup qui se donne appelle une sottise,
La chambre retentit des coups les plus affreux.
Enfin l'amour content de sa vengeance,
Vient à l'hymen demander son pardon ;
L'hymen veut de l'obéissance;
Le mari la promet, la femme entend raison.

L'amour de son flambeau fait voler l'étincelle,
Bacchus à ces époux vient prêter son secours;
Hymen, Bacchus, Amour finissent la querelle:
La discorde par fois réveille les amours.

Fin de la premiere Partie.

LE BOIS
DE
BOULOGNE,
POËME.

LE BOIS

DE

BOULOGNE,

POËME.

V Ergers de l'antique Idalie,
Séjour autrefois fi charmant,
Où, près d'une Nymphe, chérie
L'Amour couronnoit un amant;
5 Bois rians de la Theffalie,
Où le Pénée, en ferpentant,
Venoit mouiller l'herbe fleurie;
Ah ! vous devez porter envie
A celui qui dans ces inftans,
10 Par fes charmes intéreffans,
Infpire mon foible génie,
Et devient l'objet de mes chants.
Dans fes réduits, on voit les Graces
Orner le front de la Beauté;
15 Et le Plaifir, qui fuit leurs traces,
Y fixe la félicité.

De cette ville impérieuse
Où regne la frivolité,
Il borne l'enceinte orgueilleuse :
20 On voit la Seine ambitieuse,
S'étendant avec majesté,
De son onde capricieuse,
Baigner ses murs avec fierté.
O toi qui, sur les bords d'Amphrise,
25 Descendis au rang des pasteurs ;
Apollon ! que ta voix m'instruise :
Viens me prêter tes sons flatteurs.
Je chante aujourd'hui cet asyle
Où l'art, par des heureux efforts,
30 Sait de la nature docile
Mettre à profit tous les trésors.

　　C'est-là que le Dieu de Cithere
Se plaît à fixer son séjour ;
Auprès d'elle, sur la fougere,
35 Les Ris, les Jeux, forment sa cour.
Ce Dieu, couché sur l'herbe tendre,
De fleurs embellit son carquois,
Et, pour mieux s'y laisser surprendre,
Il y sommeille quelquefois :
40 A son réveil, les dons de Flore
Étalent leurs riches couleurs :
La rose s'empresse d'éclore,
Pour lui prodiguer ses faveurs.
A ses côtés est l'espérance,
45 Qui, le fixant d'un front serein,
Dans le mystere & le silence,
A ses yeux offre l'innocence
Dont ses feux embrâsent le sein.

L'Amour, en la voyant si belle,
50 Sent naître un charmant embarras :
Il soupire, il vole près d'elle,
Et rend hommage à ses appas.

Le Philosophe solitaire,
Admirant ses ombrages frais,
55 Aux ennuyeux vient s'y souftraire,
Et goûter une douce paix.
Obfervateur de la nature,
Il y contemple sa beauté,
Et d'une lumiere plus pure.
60 Il y voit briller la clarté.

Dépouillé du poids de ses armes,
Oubliant ses travaux guerriers,
Le Héros féduit par ses charmes,
En myrthes change ses lauriers ;
65 Il y médite une victoire
Qui le conduit au vrai bonheur ;
Il aspire à la douce gloire
De conquérir un jeune cœur.

Là, de Thémis appui fidèle,
70 Le Juge perd sa gravité ;
Et sur le sein de la Beauté,
Sa figure se renouvelle :
On voit bien-tôt naître sur elle
Les rofes de l'aménité.

75 Le pere au sein de sa famille,
Avec sa femme & ses enfans,
Dans ces lieux où la gaîté brille,
Se procure d'heureux inftans :
Débarraffé d'un foin pénible,
80 Suite ordinaire du travail,

C iij

Il éprouve un plaisir sensible
A contempler ce vif émail
Dont la libérale nature,
Pour rendre ces bosquets charmans,
85 Couvre sa naissante verdure,
Trône champêtre des amans.
Dans ses yeux brille l'allégresse
Qui s'empare de tous ses sens :
Il sent ranimer sa tendresse,
90 En voyant ses petits enfans,
Qui, par leurs jeux intéressans,
Le consolent de sa vieillesse,
Et lui rappellent son printems.

L'amant, auprès de sa maitresse,
95 Par degrés s'enflamme & jouit :
Il se livre à sa douce ivresse,
Et sa crainte s'évanouit.
Là, des Plaisirs la troupe aimable,
Lui prodigue mille faveurs ;
100 Et, par un secours agréable,
Elle-même apprête ces fleurs
Dont la nature favorable
Couronne les sensibles cœurs.
Sous l'ombre heureuse du mystere,
105 Il entrevoit la volupté
Préparer à son cœur sincere
Le prix qu'il a tant souhaité.

La jeune & timide Glicere,
Soumise à la loi du devoir,
110 Peut, loin des regards de sa mere,
Y former un flatteur espoir ;
Elle y voit l'image riante

De ce bonheur ſi précieux
Que deſire une tendre amante
115 Qui de l'amour ſent tous les feux
Paiſiblement elle y reſpire,
Et, dans ſon doux égarement,
Elle ſe plaît, elle ſoupire,
Et s'abandonne au ſentiment.
120   L'œil, en parcourant ces boccages
Découvre un ſpectacle enchanteur,
Et toujours le Ciel, ſans nuages,
Offre l'image du bonheur.
   Ici la naïve Bergere
125 Vient me charmer par ſa beauté;
Par ſa danſe ſimple & légere,
Elle m'inſpire la gaîté.
Des fatigues de la ſemaine
Elle y vient oublier les maux;
130 Elle ſuit le goût qui l'entraîne;
Le plaiſir lui ſert de repos.
   Là, c'eſt Lubin qui, près d'Annette,
Se livre aux tranſports de ſon cœur:
Dans une ſimple chanſonnette
135 Il lui peint ſa ruſtique ardeur;
Par un innocent badinage,
Il trouve l'art de l'enflammer;
La fillette fait la ſauvage,
Annette veut ſe gendarmer.
140 Il l'appaiſe par un baiſer,
Il la conduit ſous le feuillage:
Hélas! en faut-il davantage?
Elle ſe rend ſans y penſer.
   C'eſt-là que l'inconſtante Aurore,
C iv

145 Ouvrant les portes d'Orient,
 Arrofe les préfens de Flore,
 Et femble oublier fon amant.
 La tourterelle gémiffante
 Y vient foupirer fur l'ormeau ;
150 Sa voix plaintive, intéreffante,
 Appelle fon cher tourtereau ;
 Il vient, & bien-tôt fous l'ombrage
 L'Amour va couronner fes feux ;
 Il s'agite fous le feuillage,
155 Et la douceur de fon langage
 Me dit qu'enfin il eft heureux.
 Zéphir s'éveille, & fon haleine
 Careffe la naiffante fleur.
 Tandis que l'agneau court la plaine,
160 Baftien, à fa timide Hélene,
 Offre l'hommage de fon cœur :
 Il lui fait quitter la prairie,
 Il lui reproche fon fommeil :
 L'Amour fe met de la partie ;
165 Hélene chérit fon réveil.
  Bois charmant qui dans le filence
 Favorifez des feux conftans,
 Vous fervez auffi la vengeance,
 Seul bien des malheureux amans.
170 Armé de flèches redoutables,
 Quelquefois le jeune Antéros,
 Quittant le féjour de Paphos,
 Y vient aux amantes coupables
 Préparer des tourmens nouveaux.
175 Il prend foin de venger fon frere ;
 Il a toujours dans fon carquois

Les dédains, la rigueur amere ;
Et ce Dieu, trop fier de ses droits,
Punit, dans son humeur févere,
180 Les cœurs qui méprisent ses loix.
Outragé de votre inconstance,
Belle Délis, à votre amant
Lui-même a dicté la vengeance
Qui va causer votre tourment.
185 Sous l'air caressant de l'enfance,
Le fripon sait en imposer ;
Il a surpris votre prudence,
Et, malgré votre expérience,
Il a trop su vous abuser.
190 Votre amant a pu vous séduire :
D'abord il a flatté vos yeux ;
Il propose de vous conduire
En ce séjour délicieux
Où tant de fois, loin des allarmes,
195 Vous alliez prodiguant vos charmes
A qui savoit les payer mieux.
Il parut oublier l'outrage
Que vous aviez fait à son cœur ;
Comme lui que n'étiez vous sage ?
200 Vous auriez prévu ce malheur.
Mais le plaisir seul vous engage :
Votre sexe aime son erreur.
Dieux ! quelle fut votre surprise !
Quelle frayeur troubla vos sens,
205 Quand au piége vous fûtes prise ;
Vous ne connûtes la méprise,
Que lorsqu'il n'en étoit plus tems.
Votre amant dédaigne vos charmes,

Il fuit vos perfides regards.

210 Il vous laiffe, malgré vos larmes,
En proye aux plus triftes hazards.
Seul il revient, feule il vous laiffe.
Délis ! vous foupirez en vain.
Vous fentez le trait qui vous bleffe,

215 Et pleurez fur votre deftin.
Encor fi quelque Faune aimable
Se fût offert devant vos yeux ?
Un Faune eft quelquefois traitable,
Et, dans un tranfport agréable,

220 Il vous eût fait un fort heureux.
Mais, non : dans le milieu des ombres
Vous traînez vos pas chancelans,
Et de la nuit les voiles fombres,
Pour cette fois, font vos tourmens.

225 Vous vous trouvez abandonnée,
Vous implorez en vain les Dieux ;
Par eux vous êtes condamnée :
Ah ! Délis, belle infortunée,
Sachez donc vous conduire mieux.

230   Quel autre tableau fe préfente ?
Quelle aimable variété
Fixe mes yeux, & les enchante !
Aux Cieux je me crois tranfporté.
Êtes-vous donc, Bois agréable,

235 Le centre de tous les plaifirs ?
Et par quel deftin favorable
Comblez-vous ainfi mes defirs ?
   Long-Champ, quel furprenant fpectacle
Tu fais offrir à mes regards !

240 Ce que je vois eft un miracle,

Et j'apperçois de toutes parts
Un effain nombreux de Coquettes,
Venir, par de juftes efforts,
Dans tes agréables retraites
245 De l'art prodiguer les tréfors.
Dans le plus brillant équipage
Traîné par des chevaux fringans,
Laïs vient furprendre l'hommage
De nos frivoles élégans.
250 Ces fleurs que la nature apprête
Ne lui fervent point d'ornement ;
Les diamans couvrent fa tête,
Qui par complaifance fe prête
A porter ce fardeau brillant.
255 Semblable à la fiere Amazone,
Preffant les flancs d'un beau cheval,
Daphné par fon adreffe étonne,
Et plaît par fon air martial.
A fa voix le courfier docile,
260 S'enorgueillit de fon fardeau,
Et, guidé par fa main habile,
S'embellit d'un charme nouveau :
De fon encolure hardie
Il fait admirer la beauté ;
265 D'une croupe bien arrondie
Il femble tirer vanité.
De fes nazeaux l'ardeur brûlante
Annonce fa vivacité ;
Et l'on voit fa bouche écumante
270 Ronger le mords avec fierté.
Il éleve une tête altiere,
Et fous fes pas majeftueux,

Vole un tourbillon de pouffiere
Qui bien-tôt le cache à nos yeux.

275　Du perroquet, parfaite image,
Le jeune Abbé, mufqué, paré,
Se pavane dans fon plumage,
S'avance d'un pas affuré.
Il voltige de Belle en Belle,

280　Répete mille jolis mots;
Mots que fa mémoire fidelle
Sait lui fournir à tous propos,
De la prude & de la coquette
Flattant les goûts également,

285　A l'une il parle de toilette,
A l'autre il parle fentiment.
Et la Marquife, & la Ducheffe,
Et la Nymphe de l'Opéra,
Toutes ont part à fa tendreffe;

290　Chacune dit : ah ! le voilà.
Son air, fon maintien, tout annonce
Sa ridicule vanité;
Sur tout il décide, il prononce,
Et juge avec autorité.

295　Alors, fatisfait de lui-même,
Il fe fourit modeftement,
Et d'une complaifance extrême,
A la Bourgeoife qui l'attend,
Il va fiffler un *je vous aime*,

300　Puis il s'échappe en minaudant.
Tableau vivant de la molleffe,
Le Petit-Maître nonchalant,
Pour rendre hommage à fa Maitreffe,
Lui jette un coup-d'œil languiffant;

305 Et fait remarquer son adresse
A conduire un char éclatant.

Couvert de poussiere & de crotte,
Le Bourgeois, singe du Seigneur,
Sur un cheval lourdement trotte,
310 Et paroît fier de sa valeur ;
Il s'imagine qu'on l'admire :
Le sot, de lui-même entêté,
Ne voit pas qu'il apprête à rire
Par sa plaisante vanité.

315 Le Commis, que rien n'épouvante,
Dans un mince Cabriolet,
Avec audace se présente,
Gauchement fait claquer son fouet ;
Et d'une voix rauque & barbare,
320 Qu'avec grands efforts il grossit,
Il s'égosille, en criant garre,
Et de ce mot nous étourdit.
Phaëton moderne, & bizarre,
Il ne prévoit aucun écueil,
325 Il s'avance dans la bagarre,
Où doit échouer son orgueil ;
Mais bien-tôt la file recule,
Voilà mon fat embarrassé ;
Et ce Phaëton ridicule,
Avec son char, est terrassé.

330 Chacun en voyant son martyre,
Loin de l'aider en son malheur,
Le regarde & se met à rire
De sa honte & de sa douleur.
Ah Dieux ! que ce mélange rare
335 Offre de quoi charmer les yeux !

A chaque pas il me prépare
Un nouveau moyen d'être heureux.
O du plaifir brillans phantômes !
Vous ne pouvez m'en impofer ;
340 Mais du ridicule des hommes
Le fage a droit de s'amufer.
Mon cœur, toujours exempt d'allarmes,
Va contempler d'autres beautés ;
Non, non ; je ne crains point vos charmes :
345 De l'art ils font tous empruntés.
 Près des bords fleuris de la Seine,
S'éleve un Palais enchanté,
Dont Diane eft la Souveraine ;
Où l'Amour & la Volupté,
350 Après les plaifirs de la chaffe,
Viennent au fein de la gaîté,
Au Souverain qui fe délaffe,
Préparer la tranquillité ;
C'eft-là que, pour lui rendre hommage,
355 Chacun s'empreffe à le fervir:
Les cœurs volent fur fon paffage,
Et tout y prévient fon defir.
Soumis à cet augufte Maître,
L'Amour empreffé d'obéir,
360 Sait bien-tôt lui faire connoître
Que l'homme eft fait pour le plaifir.
 Plus loin eft un Palais antique,
Monument éternel des arts,
Dont l'architecture gothique
365 Surprend & fixe les regards.
Sans doute en ce lieu folitaire,
FRANÇOIS, digne & preux Chevalier,

Favorifé par le myftere,
Sut plus d'une fois oublier,
370 Avec fa charmante maitreffe,
Le fafte de la majefté :
Il préféroit cette foibleffe
Au pouvoir de la Royauté.
    Tout en ce Bois m'offre fans ceffe
375 L'image de la vérité ;
Tout y fourit, tout intéreffe :
Une douce fécurité
M'y fait oublier les allarmes
Qui défolent l'Humanité ;
380 Et mon cœur y trouve les charmes,
D'une fage tranquillité.
J'y repofe fous des ombrages
Où l'aîle du jeune Zéphir
Agite les naiffans feuillages,
385 Pour mieux inviter au plaifir.
A mon réveil, la fleur brillante
Me fait refpirer fon odeur ;
Je la regarde, elle m'enchante,
Et fon parfum paffe en mon cœur.
390 Après un fommeil agréable,
On m'apporte, fur le gazon,
De Bacchus la liqueur aimable,
Et quelques fruits de la faifon.
De plaifirs mon ame enivrée,
395 En ces inftans voluptueux,
Par un doux tranfport égarée,
Jouit d'un bien délicieux.
    Bofquets charmans, que le Ciel même
A préparés pour le plaifir ;

400 Bois enchanteurs , féjour que j'aime ,
    Où chaque objet me fait jouir ;
    Quoique , de fon haleine impure ,
    Le crime ait fouillé quelquefois
    La fraîcheur de votre verdure ,
405 Vous n'en avez pas moins de droits.
    Si quelquefois fous votre ombrage
    Vous couvrez l'impudicité ;
    C'eft pour mieux dérober au fage
409 Les vices de l'Humanité.

F I N.

LES DEUX

LES DEUX
CIRCASSIENNES,

OU

LETTRES

DE RESKI ET D'AMIDA,

ANECDOTE TURQUE.

D

LES DEUX
CIRCASSIENNES,

OÙ

LETTRES

DE RESKI ET D'AMIDA,

ANECDOTE TURQUE.

PREMIÉRE LETTRE.

RESKI A AMIDA.

Mon aimable Amida, la vie eſt un voyage
Que l'on fait lentement entouré de l'orage :
« * L'homme dès ſon berçeau laiſſe échapper des pleurs
» Et ſemble en reſpirant préſager ſes malheurs ».

* Rouſſeau. Sur les quatre âges de l'homme.
D ij

Dans les beaux jours d'Été, nous voyons les orages
En diffiper l'éclat par de fombres nuages.
Hélas ! qui plus que moi fent cette vérité ?
Sans amis, fans parens, que me fert la beauté ?
Ce bien fi précieux, mais pour moi fi funefte,
Eft un rare préfent que mon ame détefte.
Efclave en un Serrail, où je vois mon tombeau,
Chaque jour à mon cœur caufe un tourment nouveau.
Ciel qui formas ce cœur ! pourquoi m'as-tu fait naître
Dans ces affreux climats dominés par un Maître
Qui, peu fait pour fentir la douce humanité,
Nous accable du poids de fon autorité ?
Trop fier pour refpecter la timide innocence,
D'un defir effréné confultant la licence,
Ce farouche Sultan, jaloux de fon pouvoir,
A nos lâches parens fait un cruel devoir :
De lui facrifier l'efpoir de leurs familles :
Pour un vil intérêt il enleve leurs filles.

   La Circaffie, hélas ! où nous vîmes le jour,
Au Maître des Croyans foumife fans retour,
Renferme, tu le fais, les beautés les plus rares,
Soumifes, en naiffant, à des loix trop barbares.
De la nature en vain nous entendons la voix,
Notre cœur n'eft jamais le maître de fon choix.
Difpofer de foi-même, en ces lieux eft un crime,
Et l'on doit rejetter un amant qu'on eftime ;
On contraint notre cœur ; &, malgré nos efforts,
Il nous faut d'un tyran appaifer les tranfports.

   Renfermé pour jamais dans fes triftes montagnes,
Vivant modérément des fruits de fes campagnes,
Refpirant un air pur, l'avide Circaffien
D'un commerce honteux fait fon unique bien.

Ce peuple indépendant, ou du moins, qui croit l'être,
Du plus vil intérêt femble tirer fon être.
Tu fais qu'on nous expofe aux regards curieux
De ces fiers etrangers, hommes voluptueux,
Qui, n'écoutant jamais la voix de la tendreffe,
Immolent nos appas aux tranfports de l'ivreffe.
Cet infâme produit d'un trafic odieux,
Et qui pour notre fexe eft trop injurieux,
Que le gouvernement baffement autorife,
Par fon ordre, en trois parts, tous les ans fe divife;
On en affecte un tiers aux befoins de l'État;
L'autre tiers appartient au pere fcélérat
Qui, vend au poids de l'or, l'honneur de fa famille;
Et le troifième enfin appartient à la fille
Qui peut par fes attraits acquérir plus de droits,
Et d'un œil criminel fixer l'indigne choix.

  Dès l'âge de treize ans, à mes parens ravie,
Par l'ordre du Sultan, je quittai ma patrie:
Tu fais, chere Amida, quels furent mes regrets?
Pour toi mes fentimens ne furent point fecrets.
J'ignorois cependant l'amour & fa puiffance!
Mais, quand je vis Ali, mon cœur fut fans défenfe.
Tu te fouviens, hélas! de ce funefte jour
Où ce Turc fi charmant me peignit fon amour!
Je fentis naître en moi ce defir, cette flamme
Qu'on ne peut définir, mais qui pénetre l'ame.
Ses foins intéreffans, fa naïve candeur,
Offroient à mes regards l'image du bonheur.
De mes fens égarés j'avois perdu l'ufage,
Et pour lui, j'oubliai jufqu'à mon efclavage.
Je ne fus pas long-tems à connoître l'erreur,
Qui me prépare, Amie, un éternel malheur.

Nous arrivons enfin en ce féjour horrible;
Où l'orgueil infolent jette un regard terrible;
Je vis ce fier Achmet fixer les yeux fur nous;
Ce n'étoient point ces yeux, fi tendres & fi doux,
De cet aimable Turc qui m'avoit fu féduire;
L'un defir effréné je voyois le délire.
Quelqu'efpoir, cependant, vint encor me flatter.
Sur mes foibles attraits, tu devois l'emporter.
Mais depuis quelques jours, une frayeur fecrette
Augmente mes ennuis, me trouble, m'inquiette:
Le volage Sultan, fi j'en crois des difcours,
Sur l'une de nous deux veut fixer fes amours.
Ah! fi la vérité dirige fon caprice,
Amida, fûrement, il te rendra juftice.
Pourroit-il réfifter à ta rare beauté?....
Eh! pourquoi donc mon cœur eft-il tant tourmenté?
Oui, je crains du Tyran & les vœux & l'hommage:
Son amour à mes feux eft un fenfible outrage!....

Adieu, chere Amida, pardonne mon effroi!....
Suis-je donc née, ô Ciel! pour n'être pas à moi.
Je meurs de mes tourmens, je fuccombe aux allarmes:
Mon deftin, je le vois, eft de verfer des larmes.

SECONDE LETTRE.

RESKI A AMIDA.

IL est enfin venu cet instant redouté,
Où le Sultan, épris de ma foible beauté,
Vient de sacrifier l'Odalisque charmante
Qui fixa si long-tems son humeur inconstante.
O ma tendre Amida ! tout est perdu pour moi !
Ali, mon cher Ali, qui me tient sous sa loi,
Ne peut plus espérer le prix de sa tendresse !
Esclave en ce Serrail, en proie à sa foiblesse,
Sous les loix d'un Despote avide de plaisirs,
Il me faut satisfaire à de honteux desirs !
Tout s'intrigue déjà, tout est dans les entraves,
D'un Maître impérieux les infâmes esclaves,
Jettant dans le Serrail un avide regard,
Voudroient fixer un choix qui n'est dû qu'au hazard.
A ces vils Courtisans dédaignant de répondre,
Achmet par ses délais sembloit tous les confondre ;
Cet orgueilleux Sultan, éludant leurs discours,
A leurs yeux empressés déroboit ses amours.
Mais un Sultan, crois-moi, peu sensible à la gloire,
Ne peut pas si long-tems remporter la victoire.
Sur le sort de son peuple il est indifférent,
Aveugle dans son choix, & toujours inconstant :
Accablé sous le poids d'un orgueil méprisable,
Il néglige des Rois le travail respectable.
Dans les mains d'un Ministre injuste, impérieux,

Il remet ce fardeau pour lui trop onéreux :
Il avilit ainſi ſa puiſſance abſolue,
Et ſe livre aux tranſports d'une ame corrompue.
Un Monarque qui doit être l'appui des loix,
Qui de l'Humanité doit ſoutenir les droits,
Au mépris de ces loix, eſt le jouet des brigues ;
Et trompé tous les jours par d'infâmes intrigues,
Abuſe d'un pouvoir confié par les Dieux ;
Et, ſans en rendre compte, il fait des malheureux :
Sur les moindres rapports d'hommes trop mépriſables,
Il abbat d'un ſeul mot cent têtes reſpectables.
Son oreille, attentive à la voix des flatteurs,
Du peuple qui gémit n'entend point les clameurs.
Eſclave couronné, Prince indigne de l'être,
C'eſt lui qui fait le mal qu'il ne veut pas connaître ;
Et le Miniſtre ſeul, diſpenſateur des biens,
Enchaîne ainſi ſon Maître en de honteux liens.
Un Roi, de ſon pouvoir, n'eſt que dépoſitaire,
Et, dès qu'il en abuſe, il eſt homme ordinaire.
Quand on eſt ſur le thrône, il faut ſavoir régner ;
Quand on ne le fait pas, il faut s'en éloigner.

　　Ébloui par l'éclat d'un peſant diadême,
Achmet ignore l'art de régner ſur lui-même ;
Et, réglant tout au gré d'un orgueilleux deſir,
Il fait faire trembler, ſans ſe faire obéir.

　　Amida, ſouviens-toi de l'affreuſe journée
Où, par l'ordre d'un pere en ces lieux amenée,
Je vis ce fier Sultan pour la premiere fois ;
Son ame entre nous deux incertaine du choix,
Paroiſſoit être en proie aux plus vives allarmes ;
Il contemploit mes traits, il admiroit tes charmes ;
Interdit à ta vue, il s'arrêtoit vers toi,

Et, bien-tôt inconftant, il revenoit vers moi.
Puis, te confidérant, il reftoit immobile ;
Il foupiroit, gardoit un filence tranquille :
Enfin, s'écria-t-il, dans un ardent tranfport :
« Qui pourroit concevoir un pareil coup du fort ?
» Grands Dieux ! quel embarras pour mon ame fenfible !
» Entre ces deux Houris, le choix eft impoffible ;
» Aux appas de Reski, je ne puis réfifter ;
» Pour la belle Amida je voudrois tout quitter :
» Si j'éleve Amida, par un coup qui m'accable,
» Je ferai de Reski la perte irréparable :
» L'une & l'autre à mes yeux offrent tant de beauté,
» Qu'avec l'une des deux mon cœur trop agité,
» Ne pourroit contenter fon amoureufe flamme :
» Le fouvenir de l'autre affligeroit mon ame ».
Ses yeux qui nous cherchoient étoient embarraffés ;
Mais ces mots par l'Amour vivement prononcés,
Ses regards inquiets furent des loix fatales,
Qui bannirent bien-tôt nos fuperbes rivales.
Avec le fier Sultan nous reftâmes enfin.
Dans un fallon conftruit au milieu du jardin,
Par un ordre d'Achmet nous nous vîmes conduire :
Ses yeux fixés fur nous annonçoient fon martyre !
Mon aimable Amida, je veux bien l'avouer,
La conquête d'Achmet peut fe faire envier ;
Il a reçu du Ciel mille attraits en partage,
Et doit féduire un cœur formé pour l'efclavage :
Une taille élégante, un port majeftueux,
Une noble fierté qui fe peint dans fes yeux,
La douceur de fes yeux, cette grace touchante,
Qui rendent la figure aimable, intéreffante,
Tout parle en fa faveur. Achmet feroit charmant,

Il fe feroit aimer, s'il favoit être amant.
Mais l'amour, Amida, ne connoît point de maître;
Le plaifir le prévient, le defir le fait naître;
Il méprife l'éclat des frivoles grandeurs ;
Au fafte d'un Serrail il préfere les fleurs.

    Ali, mon cher Ali! tu regnes fur mon ame !
Par tes foins empreffés tu fis naître ma flamme.
Dans ce cœur amoureux qui foupire pour toi ,
Le fuperbe Sultan m'impofe en vain la loi.
Je faurai fupporter le poids de ton abfence ;
Je te promets, Ali, la plus tendre conftance.
Achmet peut , à fon gré , m'aimer ou me haïr :
Mon amant eft le feül que mon cœur doit chérir.

RÉPONSE.

AMIDA A RESKI.

TU te trompes, Reski; quelle eſt donc ta penſée ?
Ton ame, par l'amour trop long-tems abuſée,
Se plonge, malgré toi, dans un égarement
Qui peut être ſuivi d'un triſte événement.
Témoin, belle Reski, de ta naiſſante flamme,
J'en vis avec effroi la dangereuſe trame.
Je voulois arrêter ton funeſte penchant :
J'éludois avec ſoin cet indiſcret ferment
Que ton cœur, aveuglé par l'amoureuſe ivreſſe,
Brûloit de prononcer. O fatale tendreſſe !
Ali, le jeune Ali, te parut généreux . . . .
Peut-on ne le pas être en voyant tes beaux yeux ?
Pouvoit-il réſiſter à l'éclat de tes charmes ?
Peut-on impunément voir répandre des larmes
Qui, tombant lentement de l'œil de la beauté,
Viennent mouiller un ſein par la crainte agité.
Je le vois cet amant ; je crois encor l'entendre
Exiger de ta bouche un aveu le plus tendre.
  « Sans doute, diſoit-il, c'eſt un de ces objets
» Que le Prophete annonce en ce ſéjour de paix,
» Où l'homme, dépouillant ſa pénible exiſtence,
» Dans le ſein de ſon Dieu cherche ſa récompenſe.
» Plus brillante cent fois que la naiſſante fleur
» Vous offrez à mes yeux l'image du bonheur ;
» Vous charmez mes regards, vous pénétrez mon ame ;

» Ah ! Reski, pardonnez à l'amour qui m'enflamme.

» La mort fera le prix de ma témérité....

» Le trépas fera doux pour mon cœur enchanté ».

Un foupir t'échappa, tu ne pus te contraindre ;

Un cœur comme le tien ignore l'art de feindre.

Je répondis pour toi ; je voulus t'éviter

Ce trop funeste aveu qui devoit te coûter.

« Ali, dis-je à l'inftant, quelle eft votre imprudence ?

» Vos feux devoient refter dans la nuit du filence.

» Si l'on vous entendoit !... Pouvez-vous, fans effroi,

» Vous rappeller, Ali, les rigueurs de la loi

» Qui condamne à jamais aux plus dures entraves

» Ces mortels orgueilleux, ou plutôt ces efclaves.

» Qui, de leur Souverain méprifant le pouvoir,

» Détruifent fes plaifirs & trompent fon efpoir.

» D'ailleurs, qu'efperez-vous d'une flamme imprévue ;

» Semblable au feu follet qui fe perd dans la nue ?

» Dans les murs du Serrail qui va vous féparer,

» Jeune homme, ignorez-vous qu'on ne peut pénétrer »

A ces mots, tu tremblois ! une aimable contrainte,

Tendre effet de l'amour, & que produit la crainte,

S'empara de tes fens émus par le plaifir ;

Dans tes yeux languiffans Ali vit ton defir ;..

Ta bouche alloit s'ouvrir ; ton ame embaraffée

Ne pouvoit exprimer tes vœux ni ta penfée.

Mais Ali, profitant de ce trouble flatteur,

Saifit ta belle main & calma ta douleur.

Il tombe à tes genoux ; il foupire, il te preffe ;

Il te promet, Reski, la plus vive tendreffe :

Pour la premiere fois, tu refpiras l'amour.

Mais il faut oublier ce trop malheureux jour.

Abjure ces fermens, dont la raifon dégage,

Mots de la paſſion, & du moment l'ouvrage.
Conſidere plutôt le bonheur précieux
De regner ſur un Roi, vive image des Dieux :
Ceſſe de te livrer au deſir qui t'entraîne;
Sur le trône d'Achmet, c'eſt l'amour qui te mene.
Ce Prince ambitieux, jaloux de tes plaiſirs,
Par les ſoins les plus doux préviendra tes deſirs :
Tu le verras ſans ceſſe, occupé de ta gloire,
Enchaîner le bonheur au char de la victoire;
Tendre époux de Reski, pere de ſes ſujets,
Ses jours ſeront marqués par de nouveaux bienfaits.
Partageant avec toi le fardeau de l'Empire,
Par tes ſages conſeils tu ſauras le conduire ;
Un regard de tes yeux fléchira ſa fierté ;
Tu lui feras ſentir la douce humanité.
Tu lui rendras plus cher le bien de la Patrie,
De ſon peuple attendri mere toujours chérie
Tu connoîtras, Reski, que le plaiſir des Dieux
Eſt de ne s'occuper qu'à faire des heureux.

TROISIÈME LETTRE.

RESKI A AMIDA.

JE lis en ce moment ta lettre trop touchante :
J'y reconnois les traits de l'amitié conftante
Qui depuis fi long-tems dans fes liens flateurs,
Sans rien craindre du tems, enchaîne nos deux cœurs.
Mais ne t'oppofe plus à l'amour qui m'engage.
Amida, j'en reçois un cher & nouveau gage ;
Ali, ce tendre amant que rien ne peut changer,
M'écrit que pour jamais Reski fait l'engager.
Je reçois fon portrait, où l'heureufe impofture
De l'art ingénieux, imite la nature :
J'y contemple ces traits où brille la candeur,
Et qui des blus beaux feux ont embrafé mon cœur.
En voyant ce portrait, mon ame palpitante
Etoit prête à voler fur ma bouche tremblante ;
Je vais traçer ici ces mots intéreffans
Qui ne font bien fentis que par les vrais amans.

BILLET D'ALI A RESKI.

« O divine Reski ! c'étoit fait de ma vie,
» Me croyant oublié d'une amante chérie ;
   » Lorfque, par un rare bonheur,
» Voyant votre portrait que m'apporta Julie,
   » Je fentis renaître mon cœur.
» Reine dans le Serrail, tout vous y rend hommage ;
» Et moi, cent fois le jour adorant votre image,

» Ce plaisir calme ma douleur.

» Hélas! si de vos pieds je baisois la poussiere,
  » J'expirerois & de joie & d'amour!

» Et, finissant ainsi mon heureuse carriere,
    » La mort me seroit bien plus chere,
    » Que l'éclat pompeux de la Cour.

» Je chéris mes tourmens; ils font mon bien suprême;
    » Rendre hommage à votre beauté,
      » Vous répéter que je vous aime,

» C'est le comble des biens pour mon cœur enchanté!

» O Reski! pardonnez l'esclave téméraire
      » Qui fut vous dérober vos traits;
      » Son audace doit vous déplaire:
    » Mais la beauté ne se vengea jamais.

» Recevez mon portrait; qu'il vous offre l'image
      » Du plus fidele des amans.
      » Reski, voilà l'unique gage
  » De ma tendresse & de mes sentimens ».

ALI.

Quoi! m'écriai-je, Ali m'aimeroit donc encore!
Oui. Je n'en puis douter; il m'aime, je l'adore!
Quel trône à son amour pourrois-je préférer?...
Oses-tu bien, Sultan, encor me desirer?
Ton esclave l'emporte & l'Amour le couronne;
Fais briller à mes yeux l'éclat qui t'environne,
Laisse tomber sur moi ces regards insultans,
Ces interpretes vains de l'ame des Tyrans....

  Ah! pardonne, Amida, je sens que je t'offense.
Puis-je croire que Achmet ose mettre en balance
Et ta possession & mes foibles attraits?
Si le Sultan est juste, il te doit ses bienfaits.

Qu'il eſt doux, Amida, d'occuper ſa penſée
Du plaiſir de ſe voir pour ſoi-même adorée;
D'éprouver chaque jour la tendre émotion
Qui naît du ſentiment, non de la paſſion;
Sans qu'un vil intérêt, ſans qu'aucune apparence
D'un amour auſſi pur ſoutiennent la conſtance :
De regner ſeule enfin ſur un ſenſible cœur,
Qui de n'être qu'à moi fait ſon plus grand bonheur!
Exprime tes tranſports, Ali, je les partage.
Les regards du Sultan pour moi ſont un outrage;
Et les murs impoſans d'un Serrail faſtueux
Peuvent nous ſéparer, ſans éteindre nos feux.

   Mais, que dis-je? & quel feu dans ce moment m'égare!
Je vois tous les dangers què l'amour me prépare!
Je devrois écouter la voix de l'amitié;
Ah Dieux! que mon état mérite la pitié!
Si le Sultan ſavoit!... cher Ali!... je friſſonne!
Mon amant condamné!... quelle horreur m'environne!...

   Connois-tu maintenant les replis de mon cœur?
Amida, tu le vois, il aime avec fureur.
Apprends mon imprudence, elle va te confondre;
A ce billet ſi cher mon cœur oſa répondre;
Et ma tremblante voix, qu'arrêtoient mes ſoupirs,
Dicta ce peu de mots qui peignent mes déſirs.

BILLET DE RESKI A ALI.

« Mon amour eſt égal au vôtre :
» Mon cher Ali, ſoyez conſtant;
» Quel bonheur plus grand que le nôtre!
» Vous aimer eſt mon bien, je n'en connois point d'autre;
» Ali, recevez mon ſerment».

                              R e s k i.
                                   Voilà

Voilà tous mes fecrets ; ne combats plus mon ame,
Chere Amida, plains-moi ; je chéfis trop ma flamme.
Tu me vantes en vain un frivole bonheur ;
Que veux-tu me parler de Sultan & d'honneur ?
Ah ! cette gloire enfin, qui te paroît brillante,
Bleffé ma vanité, me femble humiliante.
Si j'en crois un difcours trop fouvent répété,
L'homme, de notre fexe admirant la beauté,
Cherche dans nos regards ou tendres ou féveres,
Les plaifirs les plus doux ou les douleurs ameres ;
Nous portons dans fon cœur ou la crainte ou l'efpoir,
Et nous avons fur lui cet abfolu pouvoir
Qui felon nos defirs difpofe de fon ame.
Quelle que foit l'ardeur de l'amour qui l'enflamme,
En efclave foumis il attend nos bienfaits,
Et lui-même fe place au rang de nos fujets.
Voilà de la Beauté le plus bel appanage ;
Ce n'eft qu'en lui rendant le plus conftant hommage
Que l'homme doit prétendre à pouvoir la fléchir ;
Mais ici notre fexe eft contraint d'obéir.
Méprifant fa foibleffe, on l'infulte, on le brave,
La plus rare Beauté ne devient qu'une efclave ;
On paye au poids de l'or le funefte plaifir
De la facrifier au plus affreux defir.
De la cupidité les infâmes pratiques
Nous rabaiffent au rang d'animaux domeftiques,
Victimes du hafard & de la cruauté,
Affemblés par caprice & par la vanité,
Accablés fous le poids d'une honteufe chaîne :
On méprife nos maux, on rit de notre peine.
Sous un joug fi pefant, fuccombant malgré moi,
Jamais mon tendre cœur ne recevra de loi

E

Que de l'amour conftant qui pour jamais m'enchaîne;
Je faurai de ce cœur être la fouveraine:
Et plus on fait d'efforts afin de l'avilir ;
Plus l'ame de Reski fe fent enorgueillir.

RÉPONSE.

AMIDA A RESKI.

JE vois avec douleur ton inexpérience,
O ma chere Reski ! ta cruelle imprudence
Peut te précipiter dans d'étranges malheurs
Et faire de tes yeux une fource de pleurs.
Quelle eft cette fierté que tu me fais paraître ?.
Je ne la conçois pas : apprends donc à connaître
Que d'un cœur prévenu le dédain affecté
Differe de beaucoup d'une noble fierté.
Préjugés de l'amour, illufions fatales !....
Voir ton maître à tes pieds méprifant tes rivales ;
Voilà belle Reski, le comble du bonheur ;
Voilà pour un cœur fier le véritable honneur.
Compagne de ton fort & ta plus chere amie,
Il n'eft rien qu'Amida pour toi ne facrifie :
Tes fentimens pour moi fans doute font pareils ?
Par pitié pour toi-même écoute mes confeils.
Quand un maître fur nous jette un œil favorable,
Il n'eft point, à mon gré, de deftin préférable.
Que doit nous importer le refte des humains ?
Ils ne peuvent offrir que des vœux incertains.
D'ailleurs, dans la retraite où le fort nous confine,
Il n'eft qu'un feul mortel que le Ciel nous deftine ;
Achmet feul a le droit de pénétrer ces lieux.
Quel autre y porteroit un pas audacieux ?
Efclave en ce Serrail, comme toi condamnée ;

Aux plaifirs du Sultan, comme, toi deftinée,
Mon ame trouveroit un fenfible bonheur
A pouvoir mériter cette illuftre faveur.
Fais comme moi, Reski, mets-y toute ta gloire :
Tes céleftes appas t'affurent la victoire.
En te voyant regner, mon fort fera trop doux,
De pouvoir la premiere embraffer tes genoux.
Ton cœur eft abforbé d'une trifteffe fombre,
Tu fuis le vrai bonheur : tu cours après fon ombre ;
Ton œil n'apperçoit pas le précipice affreux
Tout près de s'entr'ouvrir pour vous perdre tous deux.
Je crois que ton amant brûle d'un feu fincere ;
Qu'en efpere ton cœur ? Ali dépend d'un pere ;
Le droit facré d'un pere eft par-tout reconnu.
Il peut défapprouver un amour inconnu ;
Et lui feul de fon fils doit difpofer en maître :
Nous devons tout à ceux qui nous ont donné l'être.
Reski, n'écoute plus ton cœur trop prévenu,
D'ailleurs, fi ton amant du Sultan eft connu,
La mort la plus cruelle eft ce qu'on lui prépare ;
Tu fentiras alors combien l'amour égare,
Tu te reprocheras trop de crédulité ;
Par l'effroi de la mort ton cœur perfécuté
Ne pourra plus fouffrir une vie odieufe.
Ah ! par pitié pour toi deviens plus généreufe !
Ecarte, il en eft tems, cet amour dangereux ;
Sur un bonheur plus vrai daigne jetter les yeux ;
Vois tomber à tes pieds le maitre de l'Empire ;
Il te demande un cœur qu'il aime, qu'il admire.
Que fa conquête foit le but de tes defirs.
Reski, ne pouffe plus d'inutiles foupirs.
Cette illuftre conquête eft un bien que j'envie,

Pour la facrifier à ma plus chere amie ;
Si toute autre que toi pouvoit me la ravir ,
Je ne le verrois point, Reski, fans en frémir.
Ne refufe donc plus une honorable chaîne ,
Et ceffe de courir à ta perte certaine ;
Ecoute les confeils de ton amie en pleurs ,
Qui gémit comme toi fur tes vives douleurs.
Il eft beau de fe vaincre , & ton cœur en eft digne :
Aux loix de la raifon qu'enfin il fe réfigne.
Demain le fier Achmet doit s'offrir à tes yeux :
Tu regneras demain , Reski, fi tu le veux.

QUATRIÈME LETTRE.

RESKI A AMIDA.

Par quels cruels foupçons mon ame eft oppreffée !
Ah ! barbare Amida, c'eft toi qui l'as bleffée.
Ta lettre a dans mon cœur porté d'horribles coups ;
J'apperçois le Sultan, dans fon morne courroux,
Déployer fur Ali fa paffion meurtriere.
Quelle effrayante idée !... « Ali dépend d'un pere :
» Le droit facré d'un pere eft par-tout reconnu,
» Il peut défapprouver un amour inconnu ;
» Et lui feul de fon fils doit difpofer en maître ;
» Nous devons tout à ceux qui nous ont donné l'être.
» Reski ! n'écoute plus ton cœur trop prévenu.
» D'ailleurs, fi ton amant du Sultan eft connu....
Il le fera fans doute ! & j'en crois mes allarmes ;
Combien ce trifte amour va me coûter de larmes !
Je le vois ce Sultan, foible & cruel vainqueur,
Ecoutant, fans pitié, la voix de fa fureur,
Immoler à fa rage un rival téméraire,
Et porter fur mon fein une main fanguinaire.
Je vois mon cher Ali, fous le glaive expirant,
Porter encor fa main fur fon cœur palpitant ;
Sa défaillante voix auprès de lui m'appelle ;
Je l'entends qui me dit : « Reski, fois-moi fidelle.
» Je fuis affez vengé de ce monftre odieux
» Si ta fidelle main daigne fermer mes yeux :
» Embraffe ton amant ; Reski, feche tes larmes ;

» Il m'eft doux de mourir en adorant tes charmes.
» Pour un cœur innocent la mort n'a rien d'affreux ;
» D'un tiffu de malheurs , elle eft le terme heureux ».
   Ah! grands Dieux , détournez ce funefte préfage !
Que je fois feule , Achmet , victime de ta rage !
Epargne mon amant , il n'eft point criminel ;
Moi feule j'ai perdu ce vertueux mortel.
   O ma chere Amida ! que ton ame eft heureufe !
Exempte des tranfports d'une ivreffe amoureufe ,
Sans trouble , fans defirs , tu vis paifiblement ,
Et ton tranquille cœur n'éprouve aucun tourment ;
Mais fi tu connoiffois le prix de la tendreffe ,
Tu fentirois alors combien elle intéreffe !
Tu faurois que l'orgueil eft forcé de céder
A ce doux fentiment qui fait nous commander ;
Et , dépouillant bien-tôt cette raifon auftere ,
Qui pour un cœur épris n'eft rien qu'une chimere ,
Tu ne me dirois plus d'oublier un amour
Qui , quoique dangereux , me brûle fans retour.
Tu verrois que l'amour eft notre premier maître ;
Qu'il fait , comme il lui plaît , difpofer de notre être ;
Et ton cœur , déteftant un maître audacieux ,
Cefferoit de vanter fon pouvoir odieux.
C'eft à toi de regner , ô mon unique amie !
Poffede le Sultan en dépit de l'envie....
Mais on vient ,... la frayeur s'empare de mes fens.
Amour , ranime hélas ! mes efprits languiffans !

CINQUIÈME LETTRE.
R E S K I A A M I D A.

AMIDA, ç'en eſt fait ! je n'ai plus d'eſpérance !
Je l'ai vû cet Achmet, j'ai rompu le ſilence.
Je vais te raconter ce fatal entretien,
Qui, me privant d'Ali, m'enleve tout mon bien.
A peine le Sultan étoit en ma préſence,
Que, voulant me ſoumettre à ſon impatience,
Laiſſant tomber ſur moi les regards les plus doux,
Il prit ſoin d'écarter ces ſurveillans jaloux,
Ces hommes malheureux, qui n'ont ceſſé de l'être,
Que pour mieux aſſurer les plaiſirs de leur Maître.
Il s'aſſied près de moi, prend ma tremblante main ;
Il la preſſe, & bien-tôt la porte ſur ſon ſein.
Je voyois dans ſes yeux tout le feu de l'ivreſſe ;
Il m'adreſſe ces mots, dictés par ſa tendreſſe :
« Tréſor de la nature, & chef-d'œuvre des Cieux,
» Achmet, en vous voyant, voit l'image des Dieux ;
» Ornement des jardins, la fleur à peine écloſe,
» Le lys majeſtueux, & la naiſſante roſe,
» N'offrent point à mes yeux d'auſſi fraîches couleurs,
» Que ce teint où les Dieux prodiguent leurs faveurs.
» Ton port eſt noble & fier ; ta taille enchantereſſe.
» Si ton eſprit répond à la délicateſſe
» De ces appas formés par les mains de l'Amour,
» Qui plus que toi, Reſki, doit régner ſur ma Cour ?
» Le deſir ſuit tes pas, le plaiſir t'environne,

» Et l'Amour par mes mains vient t'offrir la Couronne »·

A ces mots , de mon cœur écoutant la fierté ,

J'ofai répondre : Achmet , fi j'ai quelque beauté ,

Mon cœur n'eft point fenfible à ce foible avantage ,

Mille autres , plus que moi , méritent ton hommage.

Tu connois Amida : C'eft fa rare beauté

Qui doit fixer , Sultan , ta fenfibilité.

Daigne jetter les yeux fur l'éclat de fes charmes ,

Et bien-tôt ton orgueil va lui rendre les armes.

Elle feule en un mot eft digne de ton choix :

Cours à fes pieds , Achmet , & fois jufte une fois.

Le Sultan , étonné d'une telle réponfe ,

Me regarde , & me dit : « Eh quoi ? Reski renonce

» A l'honneur de me voir embraffer fes genoux !

» Eft-il donc pour fon cœur quelque plaifir plus doux ?

» Ma flamme à fes beaux yeux paroît donc bien fatale ,

» Puifqu'elle-même ici propofe une rivale ?

» Quoi ! dédaignant ainfi mon amour & mon choix ,

» Elle prétend encor m'impofer d'autres loix ».

Amida , répliquai-je , eft mon unique amie ;

Je verrai fon bonheur fans y porter envie ;

Mais , Sultan , qu'entends-tu par ce frivole honneur

Que tu prétends me faire en me donnant ton cœur ?

Ne crois pas , cependant , que mon orgueil te brave ;

Reski , du fier Achmet , eft aujourd'hui l'efclave ,

Il eft vrai ; mais il eft permis à la beauté

De fentir en fon cœur une noble fierté.

Trop foible , je le fais , pour éviter la honte ,

Il n'eft point de danger que du moins je n'affronte ,

Pour ne pas partager cette honte & ces feux ,

Qui ne font que l'effet d'un caprice amoureux.

Écoute-moi , Sultan ; apprends à me connoître :

Mon cœur libre ne peut fe donner à fon Maître ;

Il faut, pour l'obtenir, des foins plus généreux:
Il ne fera le prix que des plus tendres vœux.
L'Amour ne s'embellit que par la main des Graces;
Il aime les Plaifirs & les Jeux fur fes traces;
Une tendreffe pure a, pour lui mille appas,
Il veut cette candeur que tu ne connois pas.
Entouré de flatteurs dont ce Serrail abonde,
Toi, que l'on nomme ici le Souverain du monde,
Tu ne peux concevoir que tu fois rejetté;
Ton oreille eft peu faite à la fincérité :
Toi, qui vois à tes pieds chacun te rendre hommage,
Tu prends pour un affront ce fincere langage.
Détrompe-toi, Sultan, & fors de ton erreur;
L'éclat du trône eft peu pour fubjuguer un cœur.
L'Amour n'a point d'égards pour qui ne peut lui plaire;
Et le Maître du monde eft un homme ordinaire,
Au-deffous du fujet foumis & complaifant,
Qui joint au caractere un foin intéreffant,
Qui féduit, & qui plaît, par ce rare avantage,
Que fi peu de mortels reçurent en partage.
Tu regnes en tyran fur ces cœurs innocens,
Deftinés par hazard aux plaifirs de tes fens;
Sur ces jeunes Beautés par le fort condamnées,
Et qui par l'intérêt font toujours amenées.
L'une quitte tes bras déteftant tes faveurs,
Et l'autre, en t'approchant, verfe un torrent de pleurs.
D'un caprice fougueux, malheureufe victime,
L'innocence périt fous le joug qui l'opprime :
Toutes doivent enfin te craindre, te haïr :
Les unes dans l'oubli ne ceffant de gémir,
Les autres par l'orgueil, ou le devoir forcées,
Pour voler près de toi contraignent leurs penfées.

De ton bonheur, Achmet, que tu fais peu jouir !
L'habitude des fens, fantôme du plaifir,
La paffion t'abufe ; & tu ne peux connoître
Cette félicité que l'amour feul fait naître ;
Qui fait briller aux yeux ce charme fi flatteur,
Que la nature infpire, & qui féduit le cœur ;
Ce principe qui plaît à notre ame attendrie,
Qui fait croître, d'un mot, la douce fympathie ;
Qui prévient la Beauté par des foins complaifans,
Par une tendre eftime, & de purs fentimens ;
Oublier, pour lui plaire, une vafte puiffance,
La preffer, s'abaiffer jufqu'à l'obéiffance :
Voilà le feul chemin qui conduife au bonheur,
Et le plus fûr moyen de conquérir un cœur.
Apprends de moi, Sultan, qu'où la crainte commence,
Le plaifir difparoît ; il craint la violence.
Maintenant dans les fers, mon cœur en liberté
Ne craint point les effets de ton autorité ;
Sur l'ame de Reski, tu n'as rien à prétendre ;
De ton caprice vain je faurai me défendre,
Et fi la force, enfin, fecondoit tes tranfports,
Il faudroit fuccomber à tes honteux efforts ;
Mais je te haïrois. Laiffe une infortunée,
A vivre fous tes loix, par le fort condamnée,
Et qui ne peut jamais confentir à t'aimer :
Rends-toi digne, du moins, de t'en faire eftimer.
Vole vers Amida ; cette fille charmante
Mérite ton amour ; & fa beauté naiffante,
De la fierté d'un cœur qui ne peut s'ébranler,
Par les plus doux plaifirs faura te confoler.

Achmet, à ce difcours, fe contenant à peine,
Laiffe voir en fon cœur le courroux, & la gêne ;

Il fe taît, il médite, il paroît terraffé;
Et la fureur fe peint dans fon regard fixé.
Il gémit, il foupire, il s'emporte, il balance,
Il paraît s'adoucir, & rompant le filence,
　« Écoute-moi, dit-il, tu viens de m'étonner;
» J'excufe ta jeuneffe, & veux te pardonner.
» Quand il peut te punir, ton Maître, qui t'implore,
» A peine à concevoir où Reski, jeune encore,
» A puifé cet orgueil qui m'a trop fu frapper,
» Et que ta bouche ici vient de développer ».
　Dans moi-même, Sultan. C'eft la feule nature
Qui prit foin de former mon ame toujours pure:
Elle grave en mon cœur ces invincibles traits,
Qui repouffent ces maux que tu nommes bienfaits.
Efclave, j'en conviens, mais libre auffi par elle,
Je fais me mettre au rang où le hazard m'appelle;
Mais enfin la beauté, ce bien fi précieux,
Que notre fexe tient de la faveur des Dieux;
Par ces Dieux bienfaifans ne nous eft pas donnée,
Pour être dans les fers fans retour condamnée.
Ce feroit avilir un fi rare bonheur:
Ce feroit fe couvrir & de honte & d'horreur:
Quand on veut de ce bien avoir la jouiffance,
On doit le mériter par beaucoup de conftance.
　« Hé bien, reprit Achmet, ta vanité me plaît;
» Elle te prête encore un plus puiffant attrait;
» Par un charme inconnu, j'aime ta réfiftance;
» Elle fait de l'amour me prouver la puiffance:
» Je vaincrai par mes foins cette févérité,
» Et veux par mes bienfaits foumettre ta beauté,
» Je ferai mon bonheur »…. A ces mots, les allarmes
Pafferent dans mon cœur: je répandis des larmes.

Interdite à l'inftant, je fentis la frayeur
Qui glaçoit mes efprits d'une fecrette horreur.
La bonté du Sultan, pour moi fut un outrage ;
Malgré moi, je fentis abbattre mon courage,
Et, l'image d'Ali venant s'offrir à moi,
Mes regards inquiets annonçoient mon effroi.
Je bégayai des mots proférés par la crainte,
Tout décéloit en moi cette horrible contrainte
Qui naît de la douleur. Dans cet égarement,
Je penfai m'échapper & nommer mon amant.
Aux genoux du Sultan je tombe & les embraffe,
J'implorois fa bonté pour obtenir ma grace ;
Mes yeux n'annonçoient plus cette noble fierté,
Qui naît de l'innocence & de la vérité ;
Ces yeux baignés de pleurs, à l'afpect de mon maître,
Trahiffoient mon amour : il vit ma douleur croître.
Dans cet horrible inftant je fentis mes revers.
Semblable au prifonnier que l'on charge de fers,
Mon œil, languiffamment attaché fur la terre,
Décéloit de mon cœur la douleur trop amere.
Je demeure immobile aux pieds de mon tyran,
La pâleur de la mort fur mon front fe répand,
Je n'ofois regarder ce maître redoutable ;
D'un effort généreux je le crus incapable ;
L'excès de mes chagrins vint s'offrir à mon cœur ;
Je ne pus contenir ma crainte & ma terreur ;
A fes pieds, Amida, je tombe évanouie :
Pour la premiere fois j'eus horreur de la vie.

A ce prompt changement, le Sultan irrité
Laiffe tomber fur moi le poids de fa fierté.
Ses yeux étincelans annonçoient fa colere,
Et la fureur jaloufe armoit fon front févere ;

Je vis dans ſon regard , qu'accabloit la douleur ,
L'excès de ſon amour ſe changer en fureur.
A mes yeux effrayés je le vis diſparoître ,
Et cacher un tranſport dont il n'étoit plus maître ;
Mais , bientôt par ſon ordre amenée en ces lieux ,
J'éprouvai la rigueur de ce maître odieux.

R É P O N S E.

A M I D A   A   R E S K I.

INFLEXIBLE Reski, quel fort tu te prépares!
De la tendre Amida, toi-même te fépares.
C'eft donc-là tout le fruit de mes confeils prudens ?
Dis-moi, qu'efperes-tu de tes égaremens ?
Dans mon cœur déchiré plonge ta main cruelle ;
Aux cris de l'amitié, va, fois toujours rebelle ;
Vois les pleurs d'Amida, fais-en tous tes plaifirs,
Et fuis aveuglément l'erreur de tes defirs.
Vois ton amant trahi, que la mort environne,
Va périr près de lui, c'eft ta main qui la donne ;
Préfere tes ennuis à l'éclat, à l'honneur
De regner fur un Roi qui feroit ton bonheur.
Ah ! plutôt, mon amie, écoute un cœur qui t'aime,
Et qui de tes tourmens fouffre autant que toi-même !
Mon fort étoit fi doux quand je pouvois te voir,
Et ta funefte erreur me met au défefpoir.
Ton bonheur eft détruit, tu pouvois tout prétendre !...
Achmet eft furieux, il ne veut rien entendre,
Crois qu'il fe vengera. Son amour méprifé
Sur celui d'un rival fera défabufé.
Il voudra pénétrer ta fiere réfiftance :
Rien ne peut te fouftraire aux traits de fa vengeance.
Pour cacher ton amant, tu fais un vain effort,
Et vous vous préparez le plus horrible fort.
Ah cruelle ! d'Ali toi-même fais la perte ;
Achmet de fon amour fera la découverte...

Je vois qu'il n'eſt plus tems de diſſiper l'erreur
Qui depuis ſi long-tems enveloppe ton cœur....
Cruelle paſſion qui t'a trop ſû ſéduire,
Plaiſirs momentanés qu'un inſtant va détruire,
Vous, dont le charme faux ſait éblouir les yeux,
L'horreur vous environne & vous rend dangereux!
Trop cruelles erreurs, voilà donc tous vos charmes!
Un ſeul de vos inſtans nous coûte bien des larmes.
Tu cédas trop long-tems au torrent des deſirs,
Il ne t'en reſte plus que d'affreux ſouvenirs,
Et ton cœur, conſumé d'une flamme brûlante,
Ne peut plus réſiſter au feu qui te tourmente.
Les deſirs, les ſoupçons, l'épouvante, l'effroi,
Pour te perſécuter, volent autour de toi.
Te voilà de l'amour malheureuſe victime',
Et toi-même as voulu te plonger dans l'abîme.
J'ai fait de vains efforts pour écarter ſes traits,
Tu volois au-devant, ſans prévoir les regrets.
Tu gémis maintenant, illuſion fatale !...
Mais hélas ! à quoi bon cette vaine morale ?
Que ſervent les conſeils aux cœurs des malheureux ?
Ils rendent leurs tourmens mille fois plus affreux.
Je ne puis plus t'offrir que de frivoles larmes ;
Mon cœur partage en vain-tes mortelles allarmes.
O ma chere Reski, juge par ma douleur,
A quel prix je voudrois racheter ton bonheur.
Cependant il me reſte encor quelqu'eſpérance ;
Le cœur du fier Achmet connoîtra la clémence.
Peut-être par mes pleurs je ſaurai le fléchir,
Et, s'il eſt vertueux, je pourrai l'attendrir.
Il le ſera ſans doute ; Achmet eſt trop ſenſible
Pour craindre qu'à mespleurs il demeure inflexible.

Oui,

Oui, ma chere Reski, j'ose tout espérer:
L'amitié près de lui saura bien m'inspirer.
Un dépit amoureux a produit sa colère,
Mais ce n'est qu'un transport, une flamme éphémere;
Que la raison détruit, & qui n'a qu'un moment:
Tel un éclair qui brille & qui fuit à l'instant.
Dans peu je vais le voir, dans peu j'aurai ta grace.
Ranime ton espoir, que ta douleur s'efface!
Compte sur l'amitié de mon sensible cœur.
Heureuse, si je puis détourner ton malheur!

SIXIÈME LETTRE.

RESKI A AMIDA.

MEs maux vont donc finir ! ô ma plus chere amie,
Reski va te devoir une nouvelle vie !
J'éprouve les effets de tes foins généreux,
Je vais fortir enfin de ces funeftes lieux.
Mon amour me foutint dans ma fombre retraite :
Loin de m'en affliger, je ferois fatisfaite,
S'il m'eût été permis de t'y voir chaque jour ;
Je l'aurois préférée au plus charmant féjour ;
Oui, comme une faveur, je l'aurois regardée,
Puifqu'aux yeux du Sultan par elle dérobée,
Évitant les tranfports d'un maître audacieux,
Je penfois librement à l'objet de mes vœux.
Ali, mon cher amant, occupoit feul mon ame,
Je l'entendois toujours me parler de fa flamme ;
J'avois les yeux fixés fur fes traits enchanteurs,
Qui m'étoient retracés par de vives couleurs.
Je chériffois de l'art la flatteufe impofture,
Qui, pour m'offrir Ali, fut tromper la nature ;
Je voyois dans fes yeux l'ivreffe des defirs ;
Ils fembloient s'animer pour combler mes plaifirs ;
Et l'Amour attendri, fur fa bouche parlante,
Voloit, pour confoler fa malheureufe amante.
Je favois cependant qu'il n'étoit point d'efpoir
Que nous puiffions un jour prétendre à nous revoir.
Toutefois, j'éprouvois un plaifir bien fenfible

A penſer que ce bien n'étoit pas impoſſible.
O de la paſſion étrange aveuglement !
L'amour ſe plaît toujours dans ſon égarement ;
L'ame, qui ſe nourrit d'une vaine chimere,
S'y livre aveuglément, & toujours elle eſpere,
Lors même qu'elle voit que ſon ambition
Eſt l'effet du deſir & de l'illuſion.
Du cœur humain, telle eſt l'imprudente foibleſſe !
Sur ce qu'il appréhende ou ce qui l'intéreſſe
Il ſe laiſſe ſéduire ; &, toujours affeété,
Il croit tout, chere amie, avec facilité.

Déja depuis trois jours en ces lieux renfermée,
A ce malheur affreux j'étois accoutumée,
Et je me conſolois de ma triſte priſon,
Quand je vis devant moi paraître Makadon. *
Sans doute par Achmet elle étoit envoyée ;
Peut-être elle penſoit me voir humiliée.
Elle eſſaya bien-tôt de vaincre mon orgueil.
Elle offrit à mes yeux le dangereux écueil
Où pouvoit échouer mon humeur trop ſévere ;
Et d'Achmet outragé me peignit la colere,
Mais tout prêt cependant, dit-elle, à pardonner,
A la moindre faveur que je voudrois donner.

Il eſt donc amoureux ce Sultan qui me brave,
Dis-je, en l'interrompant ? Achmet eſt mon eſclave.
C'eſt à moi dans ce jour à lui diéter des loix :
Il m'aime, c'eſt aſſez ; il connoîtra mes droits.
A de juſtes mépris je borne ma vengeance ;
Qu'il ne ſe laſſe point d'éprouver ma conſtance.

---

* Nom qu'on donne aux Gouvernantes des Femmes.

F ij

Je pourrai donc fentir qu'on peut mortifier
Un Tyran orgueilleux, quand il peut s'oublier.
Il prétend, ce Tyran, dans fa jaloufe rage,
Me punir de ne pas répondre à fon hommage;
Moi, je le punirai d'avoir en vain tenté
La conquête d'un cœur qu'il n'a pas mérité.
Oui; qu'Achmet, s'il le peut, fache enfin me connoître!
Retirez-vous, fortez, dites à votre maître
Qu'au milieu des tourmens, mais libre de mon cœur,
Je puis, comme il me plaît, me choifir un vainqueur;
Qu'il a tort de penfer que fon courroux m'offenfe;
Qu'il m'importe fort peu d'éprouver fa clémence;
Que fa haîne eft pour moi le plus précieux bien,
Qu'il apprenne à connoître un cœur tel que le mien,
Qu'il rougiffe des fers dont je fuis enchaînée,
Et de voir aux forfaits fon ame abandonnée;
Que je fais méprifer fon amour, fon dépit.
Sortez, vous dis-je, allez; je vous en ai trop dit.

    Après un tel difcours, je me croyois perdue;
Makadon auffi-tôt s'éloigna de ma vue:
Mais un inftant après je la vis revenir,
Et fes yeux m'annonçoient la joie & le plaifir.
Par un nombreux cortége elle étoit précédée,
Par cent femmes bien-tôt je me vis abordée;
Elles venoient m'offrir les plus riches préfens,
Toutes me prévenoient par leurs empreffemens.
Tout annonçoit l'éclat & la magnificence:
A cet afpeft brillant je gardois le filence.

    Ma toilette achevée, on ouvrit ma prifon,
Bien-tôt je fus conduite en un vafte fallon,
Où l'orgueilleux Sultan, rempli d'impatience,
M'attendoit. Je parus, mais avec affurance.

A peine il m'apperçut qu'il me tendit les bras.
« Tu triomphes, dit-il ; & tes divins appas,
» Respectés déformais par un maître qui t'aime,
» D'un amant plus heureux feront le bien suprême.
» Mais, Reski, j'en conviens, j'ai résisté long-tems
» Aux combats furieux qui déchiroient mes fens.
» Tes mépris, qui devoient humilier mon ame,
» Ranimoient dans mon cœur cette brûlante flamme
» Qui naît de tes beaux yeux, qu'alluma le defir,
» Qui féduifoit mon cœur par l'attrait du plaifir.
» Vainement je m'oppofe à tant de réfistance,
» J'éprouve qu'un Sultan a bien peu de puiffance
» Contre un charme vainqueur qui naît de la vertu,
» Et vois que mon effort deviendroit superflu.
» Oui, mon cœur enchanté, qui malgré moi foupire,
» Te chérit, te refpecte, & t'adore, & t'admire.
» Je te rends Amida ; que vos cœurs vertueux
» Goûtent cette amitié qui vous joint toutes deux.
» J'admire ta beauté, mais ta vertu m'éclaire ;
» Achmet voudroit enfin parvenir à te plaire.
» La charmante Amida fera tous mes plaifirs,
» Et la fiere Reski caufera mes foupirs.
» Pardonne ce tranfport, je fens bien qu'il offenfe
» Cet objet qui devroit feul fixer ma conftance ;
» Mais l'amour a des traits que l'on ne peut guérir :
» Quand il regne en nos cœurs, on ne peut l'en bannir.
» Souviens-toi quelquefois d'un Sultan qui t'adore !..,
» Reski, fi tu voulois !... il en eft tems encore ;
» Vois le fuperbe Achmet embraffer tes genoux ;
» Un feul de tes regards pour moi fera trop doux ».
    O généreux Sultan ! acheve ta victoire,
Dis-je en le relevant ; mets le comble à ta gloire ;

Achmet fois mon ami, fans être mon amant :
Dans les bras d'Amida le tendre Amour t'attend.
Ses innocentes mains vont t'offrir la couronne
Que prépare l'amour & que la vertu donne ;
Mon cœur eft pénétré de tes rares bienfaits ;
Mon eftime pour toi ne finira jamais.

    « Charme de la vertu , quelle eft donc ta puiffance ?
» S'écrie alors Achmet ; près de toi fans défenfe ,
» Je fens que mes efforts deviendroient fuperflus.
» Adieu , belle Reski , je ne te verrai plus.
» Pour la derniere fois reçois mon tendre hommage ».
En prononçant ces mots , je voyois fon vifage
De larmes inondé. Sur fon front páliffant
Je vis avec pitié l'excès de fon tourment.
Ses yeux tournés vers moi me demandoient fa grace ;
Je ne me fouvins plus de fon excès d'audace.
Il foupira, fortit, & mon cœur enchanté
Pour la premiere fois admira fa bonté.

    Juge, chere Amida, fi je fais te connaître !
Ma franchife pour toi ne fauroit trop paraître ;
Ce récit eft l'effet de ma fincérité ,
Non celui de l'orgueil & de la vanité.
Mais ce n'eft pas affez, mon adorable amie ,
Acheve ton ouvrage , & maitreffe chérie
D'un Souverain puiffant , foumis à tes attraits ,
Ufe de ton pouvoir, augmente ces bienfaits
Dont m'a déja comblé ton ame généreufe :
Tu fais, que fans Ali , je ne puis être heureufe.
Rends-moi ce cher objet néceffaire à mon cœur :
Que je te doive enfin ma vie & mon bonheur.

RÉPONSE.

AMIDA A RESKI.

QUE parles-tu, Reski, de ta reconnoiffance ?
C'eft moi qui te dois tout. Oui, c'eft à ta conftance,
C'eft à ton amitié que ma faible beauté
Doit l'empire d'un cœur que j'ai tant fouhaité.
Par les mains de Reski, je reçois la couronne,
Et c'eft bien moins l'amour que ton cœur qui la donne ;
Je regne fur Achmet, il m'a donné fa foi ;
Je le dois à Reski : Reski regne fur moi !
J'ai fait valoir des droits acquis fur ma conquête ;
Va, les myrthes d'amour dont tu ceignis ma tête
Par un indigne oubli ne pouvoient fe flétrir,
Et mon premier devoir fut de te prévenir.
Tu reverras Ali, j'ofe te le promettre.
A ce fublime effort, enfin j'ai fû foumettre
Ce Sultan que j'adore & que je tiens de toi.
Voilà, belle Reski, voilà la feule loi
Que mon timide cœur a voulu lui prefcrire ;
Avec empreffement il y daigna foufcrire.
« Amida, m'a-t-il dit, vous regnez fur mon cœur,
» Et de vous obéir je fais tout mon bonheur.
» J'aime à trouver en vous cette ame généreufe ;
» Puifque vous le voulez, que Reski foit heureufe.
» Entre tous mes fujets elle pourra choifir
» Celui qu'un tendre hymen à fon fort doit unir.
» Sur le choix d'un époux qu'elle-même prononce !

F iv

» Je vous confulterai pour faire ma réponfe.

» Sans doute vous favez celui qui fait charmer

» Cet objet dont Achmet n'a pu fe faire aimer ?

» Si j'ai pu l'offenfer, en lui rendant hommage,

» Je veux par mes bienfaits réparer cet outrage ».

Je réponds à l'inftant ; mon cœur eft fatisfait,

Par celui de Reski le choix eft déja fait.

Je puis te l'avouer fans être téméraire,

C'eft Ali qu'elle nomme : il eft digne de plaire.

La candeur de fon ame eft peinte dans fes yeux,

Sa jeuneffe, fes traits, fon port majeftueux,

Tout fit naître en Reski cette amoureufe flamme

Qui du premier inftant fut pénétrer fon ame.

A ces mots le Sultan rougit & foupira,

Leva les yeux fur moi : me dit, belle Amida,

« Pardonne à ton amant ce refte de faibleffe !

» Un cœur ne peut fi-tôt oublier fa tendreffe.

» Si Reski, malgré moi, m'arrache ce foupir,

» Ta beauté l'éteindra dans les bras du plaifir.

» Ce foupir fait honneur à ma tendre conftance,

» Et te doit de mes feux prouver la violence ;

» Mais il te prouve auffi que mon cœur vertueux,

» Quand il a fait un choix, eft fidele à fes vœux.

» Entre vous deux long-tems je reftois en balance,

» En faveur de Reski, je rompis le filence ;

» Mais en fecret mon cœur épris de tes appas,

» Par un charme inconnu que je ne conçois pas,

» Appréhendoit ta perte & craignoit ta préfence,

» Je crus voir dans tes yeux la froide indifférence,

» J'efpérois cependant de vaincre ta fierté ;

» Mais Reski triomphoit d'un cœur trop agité ;

» Sans avoir tous mes vœux, elle fut me féduire :

« Sa beauté, fes vertus... ah! quel eft mon délire!
» Excufe cette erreur qui favoit m'égarer!
» Achmet à l'avenir vivra pour t'adorer.
» Oui, c'eft toi déformais, chere & fidele amante,
» Qui combleras les vœux de mon ame conftante,
» Et ton maître, enchanté de fon vertueux choix,
» De la feule Amida va recevoir dès loix.
» Mais pourquoi voulez-vous qu'un maître vous fépare?
» Pour un fenfible cœur que cet ordre eft barbare!
» Dans le fein du bonheur j'aurois paffé mes jours,
» Et la tendre amitié, témoin de nos amours,
» Nous auroit fait goûter mille nouveaux délices ».
   Eh quoi, Seigneur, eh quoi? Quels font donc vos
      caprices?
Répliquai-je, à l'inftant, avec vivacité.
Mon cœur aime Reski, mais je crains fa beauté.
Sa féparation plus qu'à vous m'eft fenfible.
Mais la voir, fans l'aimer, eft pour vous impoffible;
Et votre cœur, Achmet, a pour moi trop de prix
Pour ne pas craindre tout. Ne foyez point furpris
Si j'ofe en ce moment parler fans me contraindre:
Je vous aime Sultan, & je ne dois plus feindre;
Quand vous regnez fur moi, je dois regner fur vous:
L'amour nous rend égaux en des momens fi doux.
Mais cet amour fi pur ne veut point de partage.
Amida dans vos fers, doit fixer votre hommage;
Si vous étiez rebelle à la voix de mon cœur,
Mon amour deviendroit une funefte erreur:
Je ferois dans vos bras femblable à la victime
Que l'on pare de fleurs à l'inftant qu'on l'opprime;
Vous feriez à la fois trois objets malheureux.
Reski vous haïroit. Votre cœur orgueilleux

Ne pourroit foutenir fa rigueur inflexible,
Et vous affligeriez mon ame trop fenfible.
Otez-moi le chagrin de toujours redouter
Ces appas dangereux qu'on ne peut éviter.
O généreux Achmet, Amida vous implore!
Ah! fi dans votre cœur Reski regnoit encore,
Si le fien devenoit fenfible à votre ardeur,
Oui, je m'immolerais pour faire fon bonheur.
En prononçant ces mots, mes yeux verfoient des larmes
Les pleurs de ce qu'on aime ont de puiffantes armes!
Achmet me regardoit, je le vis s'attendrir;
Il effuya mes pleurs, promit de m'obéir.
O Reski! que l'amour nous prête d'éloquence!
Qu'il fait bien aifément défarmer la vengeance!
Un feul de mes regards, où brilloit fon attrait,
Sur l'ame du Sultan fit le plus prompt effet.
Pouvoir de l'amitié, voilà ton doux empire!
Le cœur eft éloquent, fi fon charme l'infpire;
Ce fentiment fi pur n'eft point illufion:
On connoît à fa voix la perfuafion.
　　« C'en eft fait, me dit-il, diffipe tes allarmes.
» Je ne puis voir couler ces précieufes larmes.
» Et demain par mon ordre, abandonnant ces lieux,
» Reski va par mes mains voir couronner fes feux.
» Pour fon hymen déja je veux que tout s'apprête,
» Que la tendre amitié préfide à cette fête!
» Je vais combler Ali des plus rares faveurs,
» Et je vais l'élever au faîte des grandeurs ».
　　Enfin, chere Reski, je vais te voir heureufe!
Tu recevras le prix de ta flamme amoureufe:
Mais hélas! qu'il en coûte à mon fenfible cœur!
Je ne te verrai plus! faut-il que le bonheur

Soit mêlé d'amertume & caufe des allarmes !
Le plaifir quelquefois fais donc verfer des larmes ?
  Reçois de l'amitié les plus tendres fermens ;
Je chérirai Reski jufqu'aux derniers momens.
Mon deftin eft brillant, le tien eft préférable ;
Tu trouves le bonheur près d'un époux aimable,
Qui, toujours occupé du foin de tes plaifirs,
Par fes empreffemens préviendra tes defirs ;
Et l'amour & l'hymen, tous deux d'intelligence,
Dans des liens de fleurs enchaînent ta conftance.
Pour moi dans ce Serrail, idole du moment,
Je dépends du caprice & de l'évenement.
Souviens-toi qu'Amida fut toujours ton amie,
Penfe à ces nœuds flatteurs d'une union chérie,
Qui depuis notre enfance a ferré nos deux cœurs,
Et dont les charmes vrais ont calmé mes douleurs.
Songe que l'amitié, tréfor de la nature,
Eft du pouvoir des Dieux la preuve la plus fûre :
Elle fait adoucir le fort des malheureux,
Et fon empire eft doux fur les cœurs vertueux.
Le bonheur l'accompagne, & la vertu fidelle,
Laiffant l'auftérité, plaît & fourit près d'elle ;
Seule dans le malheur elle fait confoler ;
  Adieu, chere Reski ; je fens mes pleurs couler.

SEPTIÈME LETTRE.

RESKI A AMIDA.

De Neuhaufel.

A Tes foins empreffés je dus tout mon bonheur :
Mais, par un fort conftant condamnée au malheur,
Je vais, chere Amida, dans ce récit fidele,
Peindre à tes yeux furpris l'infortune cruelle
Qui depuis mon départ fans ceffe me pourfuit,
Et l'affreux défefpoir où le fort me réduit.
Grands Dieux ! fut-il jamais un plus bel hymenée ?
Par les mains de l'Amour je me vis couronnée ;
Tout fembloit me promettre un heureux avenir ;
Le jour de mon hymen, fut celui du plaifir.
Je croyois dominer fur la Nature entiere ;
Jamais d'un feu plus pur, dans fa vafte carriere,
Le foleil n'éclaira l'immenfité des airs :
Auprès de mon amant j'oubliois l'univers.
Tout offroit à mes yeux une image riante ;
Ali, mon cher Ali pénétroit fon amante :
D'un éternel bonheur j'efpérois de jouir....
Quelle fut mon erreur ! deftinée à gémir,
J'éprouve que la vie eft un tiffu d'orages,
Et qu'on ne peut jamais éviter les naufrages :
Bien fouvent on échoue en arrivant au port,
Et le plus fûr afyle eft celui de la mort.
C'eft le terme des maux ; entouré de fes ombres,
L'homme ne gémit plus dans les demeures fombres.

Le bonheur, le malheur, tout eſt indifférent,
Quand nous ſommes plongés dans la nuit du néant.
Souviens-toi de ce jour où ton ame attendrie,
En me donnant Ali, couronna ton amie ;
Toi-même préſentas ces immortelles fleurs
Que prépare l'amour pour les ſenſibles cœurs.
Ce n'étoit pas aſſez ; cette ame généreuſe,
D'élever mon époux étoit ambitieuſe.
Au milieu des plaiſirs nous paſſions d'heureux jours,
Nos momens s'écouloient dans le ſein des amours,
L'hymen applaudiſſant à notre feu ſincere,
Nous combloit de faveurs, & déja j'étois mere.
L'heureux pere d'Ali, de notre amour témoin,
De ma fille au berçeau voulut prendre le ſoin.
Inſtant doux & flatteur préſent à ma penſée,
O ma chere Amida ! je te vis empreſſée
A combler mon bonheur ; de mon fidele amant
Tu voulus par tes ſoins hâter l'avancement :
La triſte occaſion d'une guerre ſanglante,
Amida, parut propre à remplir ton attente ;
Et de mon cher Ali, connoiſſant la valeur,
Par toi de Neuhauſel il fut fait Gouverneur.
Tu voulois que ſes mains, aux champs de la victoire,
Allaſſent recueillir les lauriers de la gloire.
Nous partîmes bien-tôt : mais à peine arrivés,
De nos fiers ennemis les étendarts levés
Jetterent dans nos murs le trouble & les allarmes ;
Sous les ordres d'Ali le ſoldat prit les armes.
Compagne de ſon ſort, je ne le quittois pas :
Auprès de mon époux j'affrontai le trépas ;
Nous fumes inveſtis : ſa valeur invincible
Offrit à mes regards un ſpectacle terrible,

Et fon bras furieux , fecondé d'un grand cœur ,
Dans le camp ennemi répandit la terreur.
Je voyois fous mes pas la terre encor fumante ,
Et j'entendois par-tout les cris de l'épouvante ;
L'écho ne répétoit que d'horribles clameurs ,
Je fuivois mon époux dans le fein des horreurs.
Là , d'un pere expirant la voix fe fait entendre ,
Le fils accourt au fon de cette voix fi tendre ;
Sur le fein de fon pere il va finir fes jours ;
Mais il voudroit en vain lui prêter des fecours ;
Entouré d'ennemis , on l'accable , on l'opprime ,
Lui-même de la mort il devient la victime :
Percé de mille coups , il tombe à fes côtés ,
Et le trépas unit leurs corps enfanglantés.
D'un airain menaçant image du tonnerre ,
De toutes parts , bien-tôt la fureur meurtriere
Déployant à nos yeux toutes fes cruautés ,
Faifoit voler la mort dans nos champs dévaftés.
Jour funefte & toujours préfent à ma mémoire !
Le courage d'Ali balançoit la victoire ;
Par de lâches foldats enfin abandonné ,
De fes fiers ennemis par-tout environné ;
Mon époux n'écoutant que fon bouillant courage ,
Succomba fous les coups de leur affreufe rage ;
A mes yeux même enfin , cet époux adoré
Laiffa dans la pouffiere un corps tout déchiré.
Et moi , chere Amida , fans appui , fans défenfe ,
Je faifois du trépas ma plus chere efpérance.
Mais la mort infenfible aux cris des malheureux ,
Dédaigna de répondre à mes finceres vœux ,
Et , pour mieux accabler mon ame anéantie ,
Sa cruelle bonté me conferva la vie.

De tes injuftes coups, Mort ! voilà les rigueurs !
Tu choifis ta victime au milieu des faveurs,
Et ta cruelle main, toujours impitoyable,
Épargne les mortels que le malheur accable.
O Fille de la Nuit ! pourquoi me féparer
D'un époux que mon cœur veut toujours adorer!
Sous le poids de tes coups permets que je fuccombe !
Entends ma foible voix ; ô Mort ! ouvre la tombe ;
Barbare, réunis deux époux malheureux,
Et fois jufte une fois en exauçant mes vœux!
J'implore ta faveur, ceffe d'être implacable !
    Je ne peux réfifter au tourment qui m'accable ;
J'allois dans cet inftant attenter fur mes jours,
Et de mon défefpoir enfin rompre le cours.
Je me précipitai fur l'objet de mes larmes,
A l'embraffer encor je trouvai mille charmes.
Mais déja j'étois prête à me percer le fein,
Déja le fer brilloit dans ma tremblante main ;
Auprès de mon Aïi je tombe en défaillance ;
On m'ôte de fes bras, on me rend l'exiftence ;
On m'arrache foudain de ces funeftes lieux,
Qui n'offroient aux regards que des objets affreux.
On me fait tranfporter dans un de ces afyles,
Où du Dieu que je fers les Miniftres tranquilles,
Implorant fes bontés pour tant de malheureux,
Offroient au Roi des Rois de lamentables vœux.
L'orphelin, le vieillard, en proie à tant d'allarmes,
Aux pieds des faints autels les baignoient de leurs larmes.
Un tableau plus affreux vint frapper mes regards :
Le crime déployoit fes honteux étendarts ;
Des enfans au berçeau, des femmes gémiffantes,
Des époux éperdus ; des filles expirantes,

Victimes du foldat trop fier de fes fuccès,
Succomboient fous le poids des plus cruels forfaits.
Que l'homme en ce moment eft vil & méprifable !
Jouet des paffions, inhumain, intraitable,
Le crime lui paroît le prix de fes travaux,
Il fait tous fes plaifirs d'infulter à nos maux.
Sur un fexe tremblant il affouvit fa rage,
Ce roi des animaux, mille fois plus fauvage,
N'en fauroit foutenir le parallèle honteux,
Et s'oubliant lui-même il eft au-deffous d'eux.
La foldatefque impie, & que la fureur guide,
Entoure cet afyle où Dieu même réfide,
Sans refpeét pour le lieu, fans refpeét pour les loix,
De la religion on méprife les droits.
L'humanité gémit, mais fa plainte eft frivole ;
Tout frémit à l'afpeét de la flamme qui vole ;
Et la flamme & le fer, par un commun accord,
D'un afyle de paix, font celui de la mort.
Là s'entendent les cris d'une fille touchante
Qui fe perce le fein pour mourir innocente.
Ici c'eft un vieillard qui, prêt à fuccomber,
Voit fous un fer tranchant fa famille tomber.
Plus loin c'eft une mere éperdue, éplorée,
Qui preffe entre fes bras fa fille déchirée.
Je me fais un paffage à travers les mourans,
Je foule fous mes pieds les cadavres fanglans ;
L'amour en cet inftant me rendit téméraire,
Ou plutôt ranima mon courage ordinaire.
Pour hâter mon trépas j'ofai tout affronter ;
Pour rejoindre un époux je voulus tout tenter.
Rendez-moi mon amant, ou laiffez-moi le fuivre,
Difois-je ; à mon Ali, je ne faurois furvivre.

Ne

Ne cefferez-vous point de me perféçuter ?...
Au nom de mon époux je me fens arrêter ;
Une mourante voix me dit, que vas-tu faire ;
Epoufe. malheureufe & criminelle mere ?
Une fille te refte, ah ! peux-tu l'oublier ?
La nature, en ton cœur, s'efforce de crier.
Regarde à mes côtés, contemple la victime,
Que ton cœur abforbé va laiffer dans l'abîme.
Ali couvert de gloire eft mort dans les combats,
Conferve fa mémoire, & fauve du trépas,
D'un hymen malheureux, l'unique & tendre gagé.
Je fentis, à ces mots, renaître mon courage ;
Des bras de ce vieillard, j'arrache cet enfant :
En moi, je fentis naître un fecret mouvement ;
Je contemple fes traits, je reconnois ma fille,
Ce refte infortuné d'une illuftre famille.
Ce fenfible vieillard eft le pere d'Ali ;
Je meurs content, dit-il, mon fort eft accompli ;
Ah ! Reski, tu le fais, combien tu me fus chere !
Souviens-toi quelquefois du trop malheureux pere
De ton fidele époux. Conferve cet enfant,
Détourne de fon cœur le glaive menaçant.
Ce mortel vertueux, d'une voix défaillante,
Nous appelle, nous preffe, & fon ame expirante
Entre ma fille & moi fembloit fe partager,
Il ajoûta ces mots : Ceffe de t'affliger,
O ma chere Reski ! ne verfe plus de larmes,
L'impitoyable mort a pour moi trop de charmes ;
Dieu toujours bienfaifant comble enfin mes defirs,
Puifque c'eft en tes bras que j'éteins mes foupirs.
A ces mots il expire.... Et par eux attendrie,

Je vécus pour fauver une fille fi chérie.
Je preffai cet enfant dans mes débiles bras.
Pour préferver fes jours j'implorai les foldats.
Mais qui peut émouvoir un troupe effrénée,
Fiere de fa victoire & toujours entraînée
Par cet aveuglement qui fait voir le bonheur
Dans ces plaifirs des fens condamnés par l'honneur.
Le foldat furieux, infenfible à mes larmes,
Pour me percer le fein leve fur moi fes armes,
Je fentis cette fois la crainte de la mort,
Et j'allois fuccomber fous un barbare effort.
Le Général arrive, & déja fa préfence,
Du foldat infolent réprime l'arrogance :
J'ofai tout efpérer de cet heureux vainqueur,
Je lui portai ma fille en cet inftant d'horreur.
De ce noble mortel l'ame compatiffante
Ne put voir, fans frémir, cette image touchante.
Par un ordre impofant que fon cœur fut dicter,
Les foldats moins cruels furent me refpecter,
Et, foumis à la loi qu'il venoit de prefcrire,
Dans fa tente, par eux, nous nous vîmes conduire.
O ma chere Amida! ce fut-là ma prifon;
Je voulus vainement lui payer ma rançon.

　« L'excès de vos malheurs pénetre trop mon ame,
» Me dit-il, à l'inftant : foyez libre, Madame ;
» Quoi! pouriez-vous me croire affez de cruauté,
» Pour exiger le prix de votre liberté ?
» A ce que vous m'offrez, mon cœur ne peut foufcrire :
» Ah! Madame, croyez qu'en cet heureux Empire,
» La tendre humanité fait entendre fa voix :
» Le malheur a fur nous de refpectables droits ».

A vos rares bontés, Seigneur, je suis sensible,
Dis-je, en l'interrompant : votre bras invincible,
Secondant, en ce jour, votre cœur valeureux,
Fit tomber sous vos coups mon époux malheureux.
Je n'en accuse ici que l'aveugle fortune ;
Vous ne me verrez point, par ma plainte importune,
D'un amant adoré vous reprocher la mort ;
J'admire vos vertus, je gémis sur mon sort.
Mais rendez-moi du moins le déplorable reste
D'un époux emporté dans ce combat funeste ;
Que je tienne de vous ce trésor précieux !
Ne me retenez plus dans ce séjour affreux.
Il est un autre bien que je reclame encore ;
Pour un autre intérêt, Seigneur, je vous implore.
De mon fidele époux le pere vertueux,
Dans le Temple où j'étois, expira sous mes yeux.
Permettez qu'aujourd'hui Reski les réunisse ;
La nature & l'amour vous demandent justice ;
Que je puisse à vos yeux les baigner de mes pleurs !
Ne me refusez pas ces uniques faveurs ;
En me rendant ce bien, c'est ranimer ma vie.

 « Madame, dès ce jour, vous serez obéie,
» Sur mon cœur attendri vous avez trop de droits ;
» Hier votre vainqueur, aujourd'hui sous vos loix,
» Je suis pour vous servir prêt à tout entreprendre ;
» Glorieux, par ma mort, si je pouvois vous rendre
» Cet époux courageux qui tomba sous mes coups.
» Oui, Madame, son sort me paroîtroit trop doux !
» Partez, divin objet, & tarissez vos larmes,
» Dès demain ce séjour ne verra plus vos charmes.
» Heureux de vous porter, le Danube orgueilleux

» D'un fpectacle d'horreurs délivrera vos yeux ».
      Demain, chere Amida, je quitte cette rive,
Où d'un vainqueur humain je me vis la captive.
Je vais avec ma fille adoucir mes malheurs ;
L'amitié, par tes mains, viendra fécher mes pleurs.

F I N.